아쿠시즈 교단 VS 에리스 교단
이 멋진 세계에 축복을! 8

크리스
카즈마
메구밍
"나는 도울 수 없다.
영주 대행으로서
해야 할 일이
산더미 같거든."
"뭐, 좋아요.
저는 에리스 교도가
아니니까요."
다크니스

아쿠아
"올해는 에리스 축제 말고
아쿠아 축제를 열자!"

한가운데의 미녀는
대체 누구야?!
저렇게 끝내주는 애는 처음 봐!
소악마 정도가 아니라
완전 악마걸이잖아!
게다가 귀족영애인 거냐?!
아름다운 얼굴과 에로 보디.
엄청 괜찮다고!
괜찮네. 괜찮아.
서큐버스?

아이기스
저 누님을 안아버리고 싶다고!
안는 감촉도 끝내줄 것 같은
우와, 레벨 높네! 확 끌어안고 싶어!
위즈

언젠가 제가 해야 할 일이 없어질 만큼

평화로운 세계가 되기를……

이 멋진 세계에 축복을! 8

아쿠시즈 교단 VS 에리스 교단

CONTENTS

아쿠시즈 교단 VS 에리스 교단

이 멋진 세계에 축복을! 8

아카츠키 나츠메 지음
미시마 쿠로네 일러스트
이승원 옮김

Character
다크 니스
연령 18세
직업 크루세이더
몬스터에게 공격받을 때 쾌락을 느끼는 방어 전문 여기사. 대귀족, 더스티네스 가문의 영애이기도 하다. 특기는 망상.
아쿠아
연령 연령 미상
직업 아크 프리스트
젊은 나이에 죽은 인간을 인도하는 여신. 카즈마와 함께 마왕 토벌을 목표로 하고 있다.
좋아하는 것은 술. 특기는 연회용 장기자랑.
메구
연령 14세
직업 아크 위저드
홍마족 제일의 천재 마법사.
「폭렬마법」에 매료된 탓에 폭렬
마법만 쓸 수 있으며, 다른 마법은 쓰지 않는다. 좋아하는 것은 폭렬마법. 특기는 폭렬마법. 취미는 폭렬마법.
위즈
연령 20세
직업 점주
바닐
연령 연령 미상
직업 대악마 겸 점원
카즈마
연령 16세
직업 모험가
아쿠아를 억지로 끌고 이세계에 와서도 은둔형 외톨이 생활 중인 모험가. 마왕 토벌이라는 사명은 이미 반쯤 포기했다.
크리스
연령 15세?
직업 도적
에리스
연령 연령 미상
직업 여신

프롤로그

학교 축제도 제대로 참가하지 않았던 내가 이세계에서 축제 준비를 하게 될 거라고는 꿈에도 생각하지 못했다.

평소 존재 자체가 공포의 대상인 아쿠시즈 교도들 또한 뭐라도 잘못 먹은 것처럼 얌전했다.

그들도 이 축제에 모든 것을 건 것이다.

나는 눈앞의 광경을 보면서 감탄 섞인 한숨을 내쉬었다.

곳곳에 화톳불을 피우는 이세계의 축제는 매우 몽환적이었다.

그런 몽환적인 축제에서, 일본에서라면 당연한 것이지만 이세계에서는 엉뚱하기 그지없는 광경이 펼쳐지고 있었다.

그것은 바로 일본 축제 특유의 노점이다.

이세계의 주민들이 각자의 노점을 운영하며 진심으로 축제를 즐기고 있는 것이 느껴졌다.

이 축제가 벌어지는 게 1년 중 겨우 며칠에 불과할지라도—.

이곳에는 수인(獸人)도, 엘프도, 드워프도.

그리고 언데드나 악마, 여신조차도…….

"카즈마 씨, 카즈마 씨. 나, 이 축제를 열어서 정말 기뻐."

즐겁게 축제를 지켜보던 아쿠아는 문뜩 나를 돌아보았다.

"아쿠시즈 교단을 도와줘서 고마워."

그리고 몽환적인 축제를 배경 삼으며 순진무구한 미소를 짓더니, 평소와 다른 솔직한 목소리로 그렇게 말했다.

제1장 이 드래곤에게 영광을!

1

내가 초래하기는 했지만 대체 이 상황을 어떻게 하지.

이곳은 액셀 마을 외곽에 있는 한산한 카페다.

그리고 현재—.

내 눈앞에는 미소를 머금은 채 딱딱하게 굳은 크리스……가 아니라…….

"에리스 님, 이런 데서 뭐하세요?"

나에게 정체를 간파당한 여신 에리스가 있었다.

—빚 때문에 악덕 영주에게 시집갈 뻔한 다크니스를 내가 멋지게 구출한 다음 날, 액셀의 영주 알다프는 느닷없이 실종되었다.

그와 동시에 지금까지 알다프가 은폐해 왔던 증거가 줄줄이 쏟아져 나오면서 그의 악행이 만천하에 드러났다.

그 결과 알다프는 재산을 전부 몰수당했고 그것들은 이

마을을 다스리게 된 다음 영주에게 인계되었다.

다음 액셀 영주는 바로 다크니스의 아버지였다.

그에 따라 내가 대신 지불했던 다크니스의 빚과 각종 배상금…… 예를 들자면 마왕군 간부 베르디아를 쓰러뜨리는 과정에서 파괴된 마을의 복구 비용, 기동요새 디스트로이어로부터 이 마을을 지키다 파괴된 영주의 저택 수리비 등, 그런 돈까지 특별히 돌려받게 되었다.

알다프의 아들이자 전에 다크니스와 맞선을 봤던 발터는 아버지의 악행에 관여하지 않았기에 처벌받지 않았으며, 앞으로는 다크니스의 아버지를 보좌하기로 했다.

다크니스는 몸이 아직 완전히 회복되지 않은 아버지를 대신해 임시로 영주 대행을 맡기로 했다. 하지만 이 말괄량이 아가씨는 내가 붙여준 새로운 별명이 마음에 들지 않는지 오늘도 자신의 저택에 틀어박혀 있었다.

액셀 마을에 돌아온 크리스에게 그런 상황을 설명하던 나는…….

"—에리스 님이 아니라 크리스 님이야."

왠지 크리스와 에리스가 동일 인물이 아닐까 하는 생각이 들었기에 넌지시 떠보았다. 그러자 크리스는 딱딱한 미소를 지은 채 영문 모를 소리를 했다.

그런 크리스…… 아니, 에리스에게 나는 말했다.

"실은 전부터 좀 미심쩍기는 했어요. 지금 모습일 때의 에리스 님은 선배인 아쿠아를 부를 때만 이름 뒤에 씨를 붙였잖아요? 다크니스와 메구밍은 그냥 이름으로 부르면서 말이죠."

"…………나는 훔친 돈을 교회에 기부할 정도로 신앙심이 깊은 의적이거든. 아크 프리스트인 아쿠아 씨를 이름으로 막 부를 수 없었던 것뿐이야."

눈을 돌린 에리스는 볼에 난 흉터를 긁적이며 변명을 늘어놓았지만—.

"에리스 님은 난처할 때 볼을 긁적이는 버릇이 있네요."

그 말을 듣고 볼을 긁적이던 손가락이 움직임을 멈췄다.

"한 번 더 물을게요. 이런 데서 대체 뭐하세요?"

나는 침묵에 잠긴 에리스에게 다시 한 번 물었다. 그러자—.

"……후후. 대단하군요, 사토 카즈마 씨. 아니, 저의 조수군이라면 이 정도쯤은 당연히 해내야겠죠."

갑자기 자리에서 일어난 에리스는 마치 명탐정에게 범행을 들키고 체념한 범인 같은 반응을 보였다.

"예. 당신의 예상이 맞아요. 어떤 때는 모험가. 또 어떤 때는 의적단 두령. 또 어떤 때는 다크니스의 친구 중 한 명……. 하지만 진정한 정체는……!"

"에리스 님, 의외로 즐거워 보이네요."

"……그러는 카즈마 씨는 의외로 차분하네요. ……들켰으니 어쩔 수 없죠. 이제 전부 다 말씀드릴게요—."

에리스는 그렇게 말하면서 다시 앉더니 방금까지와는 다르게 진지하기 그지없는 표정을 지으며 말했다.

그런 진지한 표정을 지은 그녀는 내가 아는 두목이 아니라 이 세계에서 가장 숭배받고 있는 여신, 에리스였다.

그런 에리스에게, 나는—.

"하지만 두목이 에리스 님일 거라고는 꿈에도 생각 못했어요. 성격과 말투가 너무 다르잖아요. 아, 일단 사과부터 해야겠네요. 처음 만났을 때 에리스 님의 팬티를 훔쳐서 죄송해요."

"……."

진지한 분위기를 깡그리 무시하며 처음 만났을 때 저질렀던 일을 사과했다.

에리스는 뭔가 할 말이 있는 듯한 복잡한 표정을 짓더니 아무 말 없이 입술을 쑥 내밀었다.

"그러고 보니 그것 말고도 힌트가 있었네요. 옛날에 우리가 키르의 던전을 공략하기 전에 두목에게 도적 스킬을 배우러 갔을 때, 저한테 이렇게 말했었죠?「옛날에 신세를 졌던 선배가 말도 안 되게 어려운 문제를 떠넘긴 바람에 갑자기 바빠졌다」고 말이에요."

지금 생각해보니 갑자기 바빠진 이유도 짐작이 되었다.

"실은 동장군에게 살해당한 저를 아쿠아가 억지로 살려

낸 뒤치다꺼리를 하느라 바빴던 거죠? ……아, 또 사과해야겠네요. 영주의 별장에 침입한 에리스 님을 잡았을 때, 몸을 마구 더듬어서 죄송—.”

“이제 됐어요! 그 일은 됐단 말이에요! 부탁이니까 떠올리게 하지 좀 마요!”

에리스는 볼을 살짝 붉히더니 테이블을 손바닥으로 내려치며 그렇게 외쳤다.

그리고 작게 한숨을 내쉬면서 주위를 둘러보더니 속삭이듯 말했다.

“제가 이 모습일 때는 에리스 님이라고 부르지 마세요, 카즈마 씨. ……아니, 조수 군. 그리고 억지로 존댓말을 쓸 필요도 없어요. 그러니까, 저를 크리스로서 편하게 대해주세요.”

“……크리스가 원한다면 그렇게 할게. 그럼 나도 질문 좀 해도 돼? 일부러 지상에 내려와서 뭘 하고 있는 거야? 왜 여신님이 도적질을 하는 건데? 그리고 어느 쪽 말투와 성격이 진짜야?”

“자, 잠깐만요. 한번에 그렇게 잔뜩 물어보면 대답하기 힘들단 말이에요!”

크리스는 또 주위를 둘러보더니, 어험 하고 기침을 하며 표정을 굳힌 후 말했다.

“차례차례 대답하자면……. 내가 지상에 내려와서 활동하는 이유 중 하나는 신기(神器)를 찾기 위해서야.”

신기.

그것은 이 세상에 보내진 사람들에게 주어지는 강력한 치트 아이템이다.

소유자를 잃은 신기를 회수해서 이 세상에 온 사람들에게 다시 그것들을 건네준다.

그것이 크리스가 지상에서 활동하고 있는 주된 이유인 것 같았다.

"아하, 그래서 신기를 회수하는 데 도움이 되는 도적 직업이 된 거구나. 매일같이 먹고 자고만 반복하는 어떤 여신과 달리 열심히 일하고 있네. ……그러고 보니 방금 이유 중 하나라고 했지? 그럼 그것 외에도 다른 이유가 있는 거야?"

내가 그렇게 묻자 크리스의 표정이 약간 부드러워졌다.

"동료를 가지고 싶어 하는 어떤 아가씨와 친구가 되는 거야……."

크리스는 그렇게 말하더니 멋쩍은지 작게 웃으면서 볼에 난 흉터를 긁적였다.

그러고 보니 다크니스의 아버지가 전에 말했다.

모험가가 된 다크니스는 매일같이 에리스 교회에 가서 모험가 동료가 생기게 해달라고 기도했다고 말이다.

그리고 어느 날, 교회에서 돌아오는 길에 크리스와 만났다고 들었다.

"……뭐랄까, 에리스 님은 진짜배기 여신이네요."

"에리스 님이라고 부르지 말랬잖아! ……뭐, 뭐어, 나도 다크니스와 같이 모험하는 게 재밌긴 했어. 참, 내 정체는 우리 둘만의 비밀로 해줄래? 특히 다크니스한테만은 절대로 알려주지 마."

크리스는 멋쩍어하면서 볼을 긁적이더니 고개를 돌리고 그렇게 말했다.

눈앞에 있는 이의 정체가 에리스라는 사실을 알았기 때문일까, 왠지 그런 동작 하나하나도 귀여워 보였다.

이게 여신 보정이라는 걸까.

하지만 죽은 자의 인도에 신기 회수, 그리고 자신의 신자와 친구가 되기까지…… 진짜 바쁜 몸이다.

내가 죽었을 때 과자나 먹고 있었던 모 여신이 좀 본받았으면 좋겠다.

"그럼 어느 쪽 말투와 성격이 진짜냐는 질문 말인데……."

크리스는 장난치는 듯한 도발적인 표정을 지었다.

"크리스와 에리스 중에 어느 쪽이 취향이야?"

"양쪽 다 좋아요."

"뭐? ……그, 그…… 그, 그렇구나. 주저 없이 그렇게 말할 거라고는 생각도 못했어. 너는 고백 같은 걸 할 때 주저할 거라고 생각했거든."

당황한 크리스는 테이블 위에 있는 소금 병뚜껑을 열고 닫으며 거동 수상자 같은 반응을 보였다.

"아, 딱히 고백한 게 아니라 그저 취향을 말했을 뿐인데……. 보이시한 두목과 치유계인 에리스 님. 양쪽 다 버릴 수가 없다고 할까……. ……앗! 하루씩 번갈아 가면서 크리스와 에리스가 되면 결과적으로 두 명과 사귀는 거나 마찬가지네! 완전 원 플러스 원이잖아! 역시 에리스 님! 혼자서 하렘을 형성할 수 있다니 정말 대단해요! 부디 저와 사귀어……."

"저, 저질! 너는 정말 저질이야! 그리고 에리스 님이라고 부르지 말랬지?!"

나는 크리스가 던진 소금 병을 손으로 받아 내며 안도감을 느꼈다.

이유는 모르겠지만 상대가 에리스인 걸 알고도 좋아한다는 말이나 사귀자는 말이 간단히 나왔다.

내가 도저히 범접할 수 없는 존재인 여신 에리스라서?

아니면 함께 도적단 같은 바보짓을 한 사이인, 친구 같은 느낌의 크리스라서?

어느 쪽이 이유인지는 모르겠지만 이 묘한 관계는 정말 기분 좋았다.

"……하아, 정말. 숨겨 왔던 정체가 밝혀지는 중요 이벤트를 망치지 좀 마……."

"이미 불길한 예감이 들지만 그래도 물어야겠어. 설마 또 신기 찾기를 도우라는 건 아니지?"

내가 약간 경계하면서 묻자 크리스는 활짝 웃었다.

"역시 조수 군. 이해력이 좋다니깐! 그게 말이지, 이번에 노리는 신기는 성스러운 갑옷인 성개(聖鎧) 아이기스야. 성스러운 방패인 성순(聖盾) 이지스와 세트인 신기인데, 이번에 갑옷을 찾아내서……."

"듣기 싫어, 듣기 싫어, 더 이상 위험한 다리는 건너고 싶지 않다고! 요즘 들어 메구밍과 꽤 좋은 분위기고, 다크니스도 나를 의식하고 있는 것 같거든?! 게다가 거금이 생겨서 일할 필요도 없으니까, 이제 그 애들과 러브러브 하면서 퇴폐적인 생활을 할 거란 말이야!!"

"너, 방금 나한테 사귀자고 말해 놓고 이제 와서 무슨 소리야?! 저기, 이런 부탁을 할 사람은 너뿐이야! 앗, 귀 막지 마! 두목 명령을 거부하는 거야?!"

내가 귀를 막고 테이블에 엎드리자 크리스는 그런 나를 마구 흔들어 대며 칭얼거렸다.

우리가 시끄럽게 떠들어 대자 얼마 안 되는 손님과 점원들이 우리를 쳐다보았다.

그 시선을 눈치챈 크리스는 이윽고 조용해졌다.

드디어 포기한 건가, 하고 생각하면서 내가 고개를 들어보니—.

"사토 카즈마 씨, 부탁이에요……. 부디 이 세상을 위해 저에게 협력해주시지 않겠어요……?"

기도하는 자세로 나를 쳐다보고 있는 여신 에리스……가

아니라, 에리스처럼 수심에 찬 표정을 지은 크리스가 눈에 들어왔다.

……치사해요, 에리스 님.

2

—이런 경위로 크리스의 의뢰를 받아들이고 며칠이 지났을 즈음의 일이다.

내 저택의 거실에서…….

"제군. 인간은 대화가 성립하는 종족이다. 그러니 일단 이 몸과 이야기를 나누지 않겠느냐."

강력한 속박 로프로 양팔이 묶인 채 거실 중앙에 무릎을 꿇고 있는 바닐이 그렇게 말했다.

그의 양옆에는 아쿠아와 위즈가, 몇 센티미터만 더 다가가면 몸이 밀착될 만큼 바싹 달라붙은 채 앉아 있었다. 두 사람은 미간을 잔뜩 찌푸리고 바닐을 쳐다보고 있었다.

그런 바닐의 앞에는 자신의 저택에 계속 틀어박혀 있다 요즘 들어 겨우 밖으로 나온 다크니스가 얼굴을 한껏 찌푸린 채 팔짱을 낀 자세로 당당하게 서 있었다.

알다프와 강제로 결혼할 뻔했던 다크니스가 이렇게 무사

히 돌아왔고 돈도 돌려받았다.

그러니 나로서는 해피엔딩이라고 할 수 있지만—.

"이번 소동으로 가장 이득을 본 사람은 너야~. 카즈마가 개발한 각종 상품을 싸게 매입해서 좋겠네. ……참, 들었어. 카즈마한테서 얻은 지적 재산권을 거액에 팔아넘겨서 엄청난 이익을 봤다면서? 너, 그런 번거로운 방법 말고 훨씬 간단한 해결 방법도 알고 있었지? 자, 솔직하게 말해봐."

아쿠아는 젤 킹이라고 이름 붙인 달걀을 소중히 품에 안은 채 그렇게 말했다.

"바닐 씨. 어떻게 저 몰래 이런 짓을 벌일 수 있죠? 카즈마 씨에게서 지적 재산권을 헐값에 사들여서 비싸게 팔아요? 정말 너무해요……! 아아, 이제 어떻게 하지?! 금고에 있던 그 거금이 카즈마 씨에게서 뜯어낸 거라니……! 돌려드리고 싶어도, 이제 돈이 없는데……!"

위즈는 양손으로 얼굴을 감싸더니 미안하다는 듯 사과했다.

「바닐 씨를 대신해 사과드릴게요. 정말 죄송해요」라고 말하며 위즈가 계속 용서를 빌자 왠지 나도 미안한 마음이 들었지만…….

"일단 진정해라. 여자 조폭과 식충이 점주. 뭐, 확실히 다른 해결 방법이 있기는 했……지……만……? ……저기, 천재지변 점주. 방금 뭐라고 했지? 금고에 있던 그 돈을 대체 어떻게 한 것이냐? 간단히 다 써버리는 건 무리일 정도로 엄청난 금액일 텐데?"

아쿠아와 위즈를 진정시키던 바닐이 움직임을 멈췄다.

그리고 양손으로 얼굴을 가리고 있던 위즈는 고개를 들더니 환한 표정을 지으며 말했다.

"아, 그 돈 말이군요! 바닐 씨, 칭찬해주세요. 실은 제가 가게를 보고 있을 때, 제 단골 거래처 사람이 마나타이트 결정을 대량으로 들고 와서 시세의 절반 가격에 팔길래 금고에 있는 돈을 탈탈 털어 왕창 샀어요! 이번에는 제대로 한 건 했다니까요! 느껴지는 마력으로 볼 때 최고 순도의 마나타이트가 틀림없었어요!"

마나타이트라는 것은 마법의 마력 소모를 딱 한 번만 대신해주는 물건이며 결정의 질이 좋을수록 대신해줄 수 있는 마력의 양도 상승한다.

엄청 비싼 데다, 한 번 쓰면 재활용할 수 없는 물건이다.

그래서 풋내기 모험가가 많은 이 마을에는 그런 최고 품질의 마나타이트를 찾는 이가 없다.

위즈의 말을 듣고 망연자실해진 바닐을 보니 좀 안됐다는 생각이 들었다.

나는 그런 바닐에게 은근슬쩍 물어보았다.

"뭐, 나는 네가 그런 짓까지는 하지 않았을 거라고 생각하지만 일단 물어는 볼게. 아쿠아의 이야기에 따르면 다크니스의 아버지에게는 악마의 저주에 걸려 있었대. ……그리고 이 마을에 있는 악마라고는 너뿐이잖아."

그렇다. 그것이 바로 바닐이 의심받고 있는 이유였지만—.

"후하하하하. 이 몸이 인간의 목숨을 앗아 갈 수도 있는 저주를 사용할 리 없지 않느냐! 그 저주는 언동이 이상하고, 정신이 나간 걸로 유명한 대악마가 건 것이다."

"그럼 너네."

아쿠아와 위즈는 그 말을 듣자마자 바닐의 양어깨를 움켜잡았고, 그 저주 때문에 하마터면 아버지를 잃을 뻔했던 다크니스는 아무 말 없이 그를 향해 걸음을 내디뎠다.

"자, 잠깐만 있어 봐라. 신사적이기 그지없는 이 몸이 이상한 언동을 하는 정신 나간 악마에 해당한다는 것이냐? 좋다, 이야기를 해보자! 확실히 이번에 내가 번거로운 짓을 한 건 인정하마. 그 영주가 눈앞에서 신부를 빼앗기는 순간 뿜을 악감정을 맛보기 위해 이런 일을 벌인 것은 인정하겠다. 하지만 이 몸의 말을 잘 들어봐라. 아까부터 이 몸을 노려보고 있으며, 이번 일로 저 남자를 강하게 의식하게 되어서 저택 안에서의 복장이 더욱 얇아진 계집……."

"우와아아아아아앗! 아버지의 원수~!"

"어, 어이! 가면을, 매번 내 가면을 부수려고 하지 마라! 그리고 네 녀석의 아버지는 아직 살아 있지 않느냐!"

위즈와 아쿠아가 붙들고 있는 바닐에게 느닷없이 달려든 다크니스가 그 악마의 가면을 박살 내려고 하는 가운데…….

메구밍이 그 광경을 지켜보고 있는 내 옷을 잡아당겼다.

"카즈마. 아무래도 이번 일의 흑막은 바닐로 밝혀진 것 같으니, 저는 마을 밖으로 1일 1폭렬을 하러 갈까 해요. 괜찮다면 카즈마도 같이 가지 않겠어요?"

"알았어. 이쪽은 금방 수습되지 않을 것 같으니까 같이 가자. 돌아올 즈음에는 이 녀석들도 좀 진정되겠지."

나는 그렇게 말하며 장비를 얼추 챙긴 후 메구밍과 함께 외출했다.

3

"—그러고 보니 카즈마에게 고맙다는 말을 하지 않았네요."

마을을 빠져나와, 바위가 많아 보이는 산을 향해 걷고 있을 즈음…….

내 옆에서 걷던 메구밍이 느닷없이 그렇게 말했다.

"뭐? 너한테 고맙다는 말을 들을 일을 했던가? ……아, 네가 울린 애의 부모한테 사과하러 갔던 거 말이야? 그거라면 됐어. 하지만 앞으로는 이름 가지고 놀림을 당했다고 애를 울리지는 마."

"그런 하찮은 일 때문에 고맙다는 말을 하려는 게 아니에요! 그리고 그 일에 있어서는 저한테 잘못이 없어요! 홍마족의 이름을 바보 취급한 그 애가 잘못한 거란 말이에요!"

메구밍이 분노를 터뜨리는 사이, 우리는 폭렬마법을 쓸 장소에 도착했다.

요즘 들어 매일같이 오는 이곳은 메구밍에게 있어서 명당인 것 같았다.

왜 명당인 건지는 모르겠지만 이곳에는 곳곳에 커다란 바위가 굴러다니고 있었다.

아마 아무 데나 폭렬마법을 쓰는 것보다는 거대한 암석에 쏴서 파괴 욕구를 충족시키고 싶은 것이리라.

도중에 몬스터라도 보였다면 경험치 벌이 삼아 해치웠겠지만 꼭 이럴 때에 한해 몬스터가 보이지 않았다.

"카즈마에게 다크니스를 구해줘서 고맙다는 말을 하고 싶었어요."

산기슭에 있는 적당한 바위를 발견한 메구밍은 상태를 확인하듯 바위를 만져보면서 그렇게 말했다.

아무래도 오늘의 표적을 결정한 것 같았다.

"그거 말이구나. 나한테 빚을 잔뜩 진 다크니스가 멋대로 파티에서 빠지게 둘 수는 없잖아. 그리고 나는 항상 너희 뒤치다꺼리를 해 왔다고. 이제 와서 고맙다는 말 같은 건 할 필요 없어."

나는 어깨를 으쓱하면서 그 바위와 거리를 두는 메구밍을 향해 가벼운 어조로 그렇게 말했다.

메구밍은 그 말을 듣고 빙긋 웃었다.

"그래도 말이죠. 전에 홍마의 마을에서도 말했다시피 저는……."

그리고 나한테 등을 보이면서 바위를 향해 지팡이를 들더니—.

"불평을 마구 늘어놓으면서도 결국 우릴 도와주는 당신을 좋아하는 것 같아요."

그런 말을 아무렇지도 않게 했—.

"……어이, 그런 걸 잡담처럼 말하지 마. 진담으로 받아들여도 되는 건지 감이 오지 않는단 말이야. 네가 그렇게 간단히 좋아한다는 말을 하면 내가 착각할 거라고. 대체 뭐야? 진심 어린 고백으로 받아들여도 괜찮은 거야?"

나는 마음속의 동요를 들키지 않기 위해 태연을 가장하면서 그렇게 말했다.

"글쎄요? 카즈마가 원하는 대로 받아들여도 괜찮아요."

메구밍은 카즈마에게 등을 보이며 선 채 빙긋 웃었다.

……이 녀석, 진심으로 이런 소리를 하는 건가?

아니면 또 놀리는 걸까?

아냐. 잘 생각해봐, 사토 카즈마.

메구밍은 예전부터 나한테 자주 호감 있어요 오라를 뿜었다.

그리고 왜 나한테 다시 반한 건지는 모르겠지만 짐작 가는 데라면 있었다. 바로 다크니스를 구한 일이다.

내 입으로 이런 말을 하는 것도 좀 그렇지만 당시의 나는 꽤 멋졌다.

마치 연애 소설에 나오는 주인공 같았다.

다크니스를 구한 그날 밤, 나는 이불을 머리까지 뒤집어쓴 채 당치도 않은 짓을 저질렀어, 처형당하면 어쩌지, 같은 생각을 하며 부들부들 떨었다. 그래도 지금 생각해보면 당시의 나는 그야말로 히어로였다.

……게다가 그녀들과 한 지붕 밑에서 살기 시작하고 꽤 시간이 흘렀다.

슬슬 누군가가 연애 감정을 품게 되더라도 이상하지 않다고나 할까, 여자들에게 둘러싸여서 지내고 있는데 아직도 하렘 전개에 돌입하지 않은 게 오히려 이상했다.

말해. 말하는 거야, 사토 카즈마. 승률은 높으니 겁먹을 필요 없어!

거절당한다고 우리 사이가 멀어질 일은 없어! ……그래, 없다고……!

어, 없겠지?

좋아, 가자. 괜찮아! 용기를 내!

나는 오늘부터 리얼충이야!!

"저기…… 메구밍의 마음은 정말 기뻐. 실은 나도 메구밍을 싫어하지……."

『익스플로전——!!』

4

"아까부터 왜 그래요? 왜 삐친 거죠?"

메구밍은 나한테 업힌 채 아까부터 눈치 없는 주인공 같은 소리를 시끄럽게 해 대고 있었다.

나는 딱히 메구밍에게 아무런 감정도 없으며 이런 취급을 당해도 전혀 곤란할 게 없다.

그렇다. 좀 예쁘장하게 생기기는 했지만 이 녀석은 항상 폭렬폭렬 하고 조잘대는 골 때리는 녀석이다.

자칫 분위기에 휩쓸릴 뻔했지만 그렇게는 안 된다.

"카즈마. 내가 폭렬마법을 영창하는 순간에 뭐라고 했죠? 폭음 때문에 안 들렸지만, 뭔가 중요한 이야기를 하려는 것 같은 느낌이 들었어요."

"아무것도 아냐! 나는 메구밍한테 아무런 감정도 없다고!"

"츤데레 같은 소리 그만하고 이제 그만 기분 푸세요. 저택에 돌아가면 전에 사 뒀던 푸딩을 카즈마에게 한 개 더 줄게요."

"……두 개 더 준다면 용서해줄게."

나는 메구밍에게 그렇게 말하면서 저택 현관의 손잡이를 잡았다.

그리고 문을 연 순간—.

"두 개는 안 돼요. 아쿠아와 다크니스 몫을 빼면 하나밖에 안 남으니까, 카즈마에게 두 개를 줬다간 못 먹는 사람이……."

메구밍이 무슨 말을 하려다 소리 없는 절규를 토했다.

……물론 나도 마찬가지였다.

저택 안에 들어가 보니, 그곳에서는—.

"돌려줘어어어엇! 돌려줘! 내 귀여운 젤 킹을 돌려줘어어어엇! 우에에에에엥! 돌려달란 말이야아아아앗!"

"후하하하하하! 꼴좋구나, 이 NTR[#1] 여신아! 네 녀석의 소중한 애완동물은…… 푸핫……, 아앗, 젠장! 이, 이 녀석! 따라오지 마라, 이 조류야! 네 주인에게 돌아가란 말이다!"

저택 안에서는 울면서 바닐의 등을 찰싹찰싹 소리 나게 때리는 아쿠아와…….

눈을 부릅뜬 채 융단 위에 쓰러져 있는 위즈와 다크니스가 있었다.

아니, 위즈는 사라지려 하고 있었다.

아마 아쿠아가 울고 있는 원인 때문에 이런 상황이 벌어진 것이리라.

아쿠아에게 등을 얻어맞고 있는 바닐의 발치에는—.

#1 NTR 일본어인 네토라레의 줄임말. 넓은 의미로 좋아하는 상대가 다른 사람을 좋아하는 것을 의미한다.

"삐약."

병아리 한 마리가 있었다.
그 병아리는 바닐을 따르듯 발치에 찰싹 달라붙어 있었다.

"—대체 뭐가 어떻게 된 거야?"
나는 업고 있던 메구밍을 소파에 내려놓고 아쿠아와 바닐을 무릎 꿇게 한 후 설명을 요구했다.
경위는 모르겠지만 위즈와 다크니스가 저렇게 된 것은 이 두 사람이 무슨 짓을 했기 때문이 틀림없다.
아쿠아의 공격에 다크니스가 당할 리는 없고, 바닐의 공격에 위즈가 저런 꼴이 될 리는 없다.
융단 위에서 무릎을 꿇은 두 사람은 서로를 손가락으로 가리켰다.
""이 녀석이……""
아쿠아와 바닐은 동시에 똑같은 대사를 뱉더니 또 서로를 노려보았다.
아쿠아는 미간을 찌푸린 채 어금니를 깨물면서 분노를 드러냈고…….
바닐은 가면 때문에 어떤 표정을 짓고 있는지 알 수 없지만 입가가 딱딱하게 굳었다.

그리고 바닐의 무릎 위에는 노란색 털북숭이가 놓여 있었다.

……이 카오스한 상황을 대체 어떻게 하지?

나는 일단 한 사람씩 이야기를 들어보기로 했다.

"내 말 좀 들어봐! 들어보란 말이야, 카즈마! 우리가 이 망할 가면 녀석을 심문하고 있을 때, 이 녀석이 갑자기 달려들었어! 바닐식 어쩌고 하고 외치면서 말이야! 내가 마법으로 이 녀석의 공격을 튕겨 냈는데, 다크니스가 그걸 맞고 쓰러지지 뭐야. 그래서 나도 정화 마법으로 반격했어! 그랬더니 이 녀석이 위즈를 방패 삼은 탓에 그녀가 저 꼴이 된 거야! 이렇게 됐으니 저 녀석을 없애버리는 수밖에 없다고 생각한 순간……!"

오호라.

전혀 모르겠네.

"후하하하하. 자기한테 유리하게 포장하지 마라, 이 사기꾼아! 이 여자는 말이다. 저기 있는 근육 계집과 배신자 점주와 함께, 평소에는 무해한 걸로 유명하며 공명정대한 이 몸을 범인으로 단정 지었다! 변호사가 없는 이딴 재판은 무효이며 받아들일 수 없기에, 이 몸은 정당방위라는 이름의 바닐식 살인 광선으로 반격했을 뿐이다. 그리고 이 녀석이 그걸 반사시킨 바람에 근육 계집이 대신 맞았고, 이 불합리 여자가 앙갚음 삼아 마법을 날리자 이 몸은 반사적으로 점주 장벽을 이용해 살아남았지. 이렇게 되면 유사 이래 처음으로 이 녀석과 결판을 낼 수밖에 없다고 생각한 순간……!"

""젤 킹이 태어났어.""

오호라.
전혀 모르겠어.

5

—킹스퍼드 젤트만.
물의 여신에게 총애를 받으며 수많은 달걀 중에서 선택된, 유서 깊은 평범한 병아리.
"이름은 좋군. 위엄 넘치는 멋진 이름이라고 생각한다. 이 몸을 따를 만한걸."
"당연하지. 바로 내가 붙인 이름이란 말이야. 너를 따르는 건 용서할 수 없지만 이 애는 신인 나에게 선택된, 그리고 드래곤족의 제왕이 될 운명을 타고난 존재야."
융단 위에서 무릎을 꿇고 있는 바닐과 아쿠아가 그런 소리를 하는 동안에도 그 병아리는 전혀 동요하지 않았다.
겉모습은 일본의 병아리와 별반 다르지 않았다.
갓 태어난 연약한 존재인데도 불구하고, 신과 악마 앞에서 전혀 겁먹지 않으며 위풍당당하게 대악마의 무릎 위에 앉아 그 악마에게서 눈을 떼지 않았다.

킹스퍼드 젤트만.

이윽고 드래곤족의 제왕이 되라는 소망을 담아 붙여준 별명은 젤 킹.

나는 바닐의 무릎 위에 있는 젤 킹을 들어 올리며 말했다.

"……이제 이걸 어떻게 할 거야? 닭튀김이라도 만들 거야?"

"닭튀김 따위 안 만들어! 카즈마, 전부터 생각했던 건데, 너는 악마야! 여기 있는 가면 악마 쪽이 훨씬 인간미가 있는 것처럼 느껴질 때가 있단 말이야!"

"무례한 소리 하지 마라, 이 NTR 여신아. 악랄 영주가 없어졌으니 액셀에서 귀축스러움에 있어 타의 추종을 불허하게 된 이 남자와, 아이들의 등하교 시간에 주위를 살피며 안전 확인을 해서 꽤 평판이 좋은 이 몸을 같은 선상에 두지 말란 말이다."

어이, 좀 울어도 돼?

……하지만 대충 이해가 되었다.

즉, 아쿠아와 바닐이 다투고 있을 때 태어난 젤 킹이, 태어나서 처음 본 바닐을 부모로 여기고 있다는 건가.

소파에서 쉬고 있던 메구밍은 젤 킹을 양손으로 감싸듯이 든 나를 부러운 눈길로 쳐다보며 안절부절못했다.

아마 만져보고 싶은 것이리라.

나는 메구밍에게 젤 킹을 맡긴 후 위즈와 다크니스를 간

호하려 했다.

"……왜 갓 태어난 생물은 이렇게 귀여운 걸까요. 이 귀여움은 포식자들에게 공격받지 않기 위한 방어 본능일까요."

메구밍이 젤 킹을 손바닥으로 소중히 감싸며 지켜보는 가운데, 나는 바닥에 뻗어 있는 위즈와 다크니스에게 다가갔다.

……위즈는 몸이 투명해지고 있지만 그건 나도 어떻게 할 수가 없다.

그래서 먼저 축 늘어진 다크니스를 안아 든 후 볼을 살짝 때렸으나 그녀는 깨어나지 않았다.

"아무튼 너는 젤 킹의 교육에 방해되니까 돌아가. 이 애한테는 영재 교육을 해야 한단 말이야. ……젤 킹을 응시하는 메구밍의 한심한 표정 좀 봐. 홀딱 반했네. 젤 킹은 타고난 바람둥이라니깐. 영웅호색이라는 말도 있잖아. 정말 장래가 기대돼."

"흥. 네 녀석이 그딴 소리 안 해도 이 몸은 돌아갈 생각이었다. 저기 굴러다니는 짐 덩어리 점주 때문에 이 몸께서 번거금이 돌멩이가 되어버렸으니까 말이다. 그럼 인간들이여. 푼돈이 생긴다면 위즈 마도구점을 이용해 주시길!"

바닐은 몸이 흐릿해진 위즈의 멱살을 잡았다.

"어이, 미안하지만 설탕물을 만들어서 이 녀석에게 먹여도 되겠느냐? 이대로 뒀다간 파리 목숨 리치가 황천행 리치로 클래스 체인지하고 말 거다. 그러니 영양을 보급해줘야겠어.

설탕물이라도 뿌려주면 분명 투구벌레처럼 부활하겠지."

위즈는 평소에 어떤 식생활을 하고 있는 걸까.

바닐은 그렇게 말하면서 이 저택의 주방으로 향하려고 했지만—.

"앗?! 제, 젤 킹, 왜 그래요?!"

젤 킹이 갑자기 자신의 손안에서 날뛰기 시작한 바람에 놀란 메구밍은 병아리를 융단에 살며시 내려놓았다.

왜일까. 메구밍도 아무렇지 않게 젤 킹이라 부르지만 전혀 위화감이 느껴지지 않았다.

병아리잖아.

병아리 주제에, 왜 이 자리에 있는 이들 중에서 가장 잘난 이름인 거냐고.

"……음?"

다들 젤 킹을 주목하는 가운데, 잘난 이름을 지닌 노란색 털북숭이는 바닐을 향해 뒤뚱뒤뚱 걸어갔다. 그리고 바닐의 구두에 자신의 몸을 비비기 시작했다.

그 모습을 본 아쿠아가 나에게 매달렸다.

"아앗~! 젤 킹을 빼앗겼어! 카즈마 씨~! 카즈마 씨~!! 부탁이야! 저 가면 악마를 퇴치하고 젤 킹을 되찾아줘!"

"내가 왜 그래야 하는데. 나보다 네가 바닐 상대로는 훨씬 강하잖아. 그리고 저건 드래곤이 아니라 병아린데, 그건 괜찮은 거야?"

아쿠아는 그 말을 듣고 바닐에게 들러붙어 있는 젤 킹에게 다가가더니 그 병아리를 소중히 품에 안았다.

"내가 가면 악마를 퇴치하면 저 녀석을 따르는 젤 킹이 나를 미워할지도 모르잖아. ……그리고 보는 눈이 없는 카즈마는 모르겠지만, 이 애는 몸이 털에 뒤덮인 엄청 희소한 드래곤종, 새기 드래곤이 틀림없어."

"속았다는 걸 인정하기 싫다는 건 알겠지만 이제 포기해. 저 녀석은 평범한 병아리가 틀림없다고."

나는 귀를 막고 내 말을 듣지 않으려 하는 아쿠아를 쳐다보며 위즈에게 설탕물을 뿌리고 있는 바닐에게 물었다.

"어이, 다크니스가 전혀 눈을 뜨질 않잖아. 괜찮은 거야?"

바닐은 그 말을 듣더니 의아하다는 것처럼 다크니스를 쳐다보았다.

"흐음, 상처는 저기 있는 여신이 치료해줬다만……. 그건 그렇고 이 몸의 바닐식 살인 광선을 맞고도 숨이 붙어 있다니 정말 놀랍구나. 살인 광선은 말 그대로 인간을 죽이는 광선이기 때문에, 인간이 맞으면 바로 목숨을 잃지. 어째서 숨이 붙어 있는 건지 이 몸이 오히려 묻고 싶을 지경이다. 비정상적일 정도의 마법 저항력을 가지고 있는 건가……. 하지만 인간에게 상처를 입히지 않기로 정평이 나 있는 이 몸의 체면이 손상됐군. 저 계집이 깨어나면 「당신의 근육은 대체 어떻게 되어먹은 겁니까」라고 물어봐다오."

"그랬다간 내가 두들겨 맞을 거라고. ……뭐, 좋아. 그럼 남은 문제는 이 녀석이네."

나는 그렇게 말하면서 바닐의 발치에서 떨어지지 않으려고 하는 노란색 털북숭이를 내려다보았다.

바닐이 이 녀석을 데려가도 괜찮을 것 같은 기분이 드는데…….

"흠. 주부들의 아이돌 같은 존재인 이 몸을 사랑하는 거야 어쩔 수 없다만, 조류와 악마족 사이의 종족의 벽은 너무 높구나. 젤 킹에게는 미안하지만 이 몸을 포기해줘야겠다."

"저기, 그 녀석은 너를 부모라고 생각하고 있는 거야."

바닐은 그 말을 듣더니 흐음 하고 낮은 신음을 흘렸다.

"……어쩔 수 없지. 어이, 젤 킹의 침상은 어디지?"

아쿠아는 그 말을 듣더니 아무 말 없이 거실 소파를 가리켰다.

어이, 저런 곳을 병아리의 침상으로 삼지 마.

그 모습을 본 바닐은 젤 킹을 한 손으로 잡고 소파에 걸터앉았다.

젤 킹은 바닐에게 잡힌 채 꼼짝도 하지 않았다.

이 녀석은 진짜로 바닐을 자신의 부모라고 생각하고 있는 것 같았다.

바닐은 그대로 몸을 숙이더니 젤 킹을 양손으로 감싼 후—.

"탈피!"

휘릭, 하는 소리가 나면서 바닐이 두 명으로 분열되었다.

젤 킹은 바닐의 분신에게 안겨 있기 때문에 또 다른 바닐이 보이지 않았다.

젤 킹을 끌어안고 꼼짝도 하지 않는 껍데기 부분만 남겨 둔 채, 마치 불가능이 없어 보이는 악마는 한 손을 들어보였다.

"그럼 이 몸은 이만 실례하지."

"나도 이 세상의 생물에 꽤 익숙해졌다고 생각하지만, 너한테는 평생 익숙해질 것 같지 않아."

6

우리 집에 새로운 마스코트가 생긴 다음 날 아침이었다.

"……저기, 카즈마. 젤 킹이 보는 데서 달걀 프라이를 먹지 말아줄래? 왠지 이 애가 카즈마를 쳐다보며 두려움에 떨고 있는 느낌이 들어."

젤 킹에게 빵 부스러기를 주던 아쿠아가 그렇게 말했다.

"그건 드래곤이잖아? 그럼 나 같은 놈을 보면서 두려움에 떨 리가 있겠냐. ……그것보다 바닐의 껍데기 좀 어떻게 해봐. 존재감이 넘치는 저게 계속 쳐다보고 있으니 식사를 할 수가 없단 말이야."

나는 아쿠아의 옆에서 젤 킹의 장난감이 된 바닐의 껍데기를 젓가락으로 가리켰다.

안은 텅텅 비었지만 겉모습은 바닐과 완벽히 똑같았다. 게다가 존재감이 강렬하기 그지없기에 꼼짝도 하지 않는데도 엄청 신경 쓰였다.

"젤 킹이 마음에 들어 하니 어쩔 수 없잖아. ……그것보다 아까부터 저 애는 왜 저러고 있는 걸까?"

젤 킹에게 손가락을 물린 아쿠아가 아파하면서 방구석을 쳐다보았다.

"내 눈에는 이 노란색 털북숭이를 두려워하는 것처럼 보이네."

그곳에는 몸을 웅크린 채 젤 킹을 경계하고 있는 춈스케가 있었다.

노란색 털북숭이가 검은색 털북숭이에게 먹힐까 봐 걱정했는데 어쩌다 이렇게 된 것일까.

"마력이군요."

토스트를 먹던 메구밍이 젤 킹을 지그시 쳐다보며 중얼거렸다.

"마력?"

"예. 젤 킹에게서 엄청난 마력이 느껴져요."

……이 털북숭이한테서?

"알이 부화할 때까지 저와 아쿠아, 바닐, 위즈처럼 이 마을에서도 손꼽히는 마력 보유자들이 마력을 쏟아부었기 때문이겠죠. 드래곤의 부모가 알을 따뜻하게 해주면서 마력을 쏟아 부으면 아이도 강한 마력을 지니고 태어난다는 건 유명한 이야기예요. 하지만 달걀에 마력을 쏟아부어도 같은 현상이 일어나다니, 정말 흥미롭군요. 이건 드래곤을 기르는 드래곤 목장 사람들에게 있어 좋은 소식일지도 몰라요."

그럼 뭐야.

이 병아리가 아쿠아의 주장대로 엄청 강해지기라도 하는 거야?

"그럼 이 녀석을 잘 키우면 마왕군을 상대할 병기가……."

"안 돼요. 병아리니까 마력도 쓸 수 없고, 드래곤처럼 마력을 이용해 날거나 브레스를 뿜을 수도 없어요."

…….

"어느 날 갑자기 이 녀석이 엄청난 힘에 눈뜨거나, 마력 덕분에 엄청 강한 육체를 지닌 병아리가 되는 건……."

"그런 일은 절대 안 일어나요. 마력이 강하니 노화가 진행되지 않아서 수명은 늘어나겠지만, 이 애는 단순한 병아리예요. 특수한 힘에 눈뜰 일도 없죠. 끽해야 강한 마력으로 야생 몬스터를 겁먹게 하는 정도일 거예요."

완전히 돼지 목에 진주 목걸이네.

"앗! 그래. 내 드레인 터치를 이용하면 이 녀석을 마력 보충용 마나타이트 대용으로……."

"그것도 무리일 거예요. 왜냐면 병아리니까요. 드레인 터치로 체력까지 흡수했다간 바로 죽어버릴걸요?"

이 녀석, 완전 쓸모없잖아.

"……이 녀석을 먹으면 내 마력이 상승하지 않을까?"

"……글쎄요. 귀여우니까 가능하면 그러고 싶지 않지만, 마력이 상승한다면야 시험해볼 가치는 있을 것 같네요."

"우리 애를 그딴 눈으로 쳐다보지 말고 저리 가! 다크니스, 젤 킹을 이 두 사람한테서 지켜줘~!"

아침 식사를 끝내고 우아하게 홍차를 마시던 다크니스가 우리를 쳐다보며 작게 웃었다.

"……후후. 너희를 보니 내가 진짜로 돌아왔다는 게 실감되는구나. 카즈마, 메구밍, 아쿠아를 너무 괴롭히지 마라. 앞으로는 다 같이 조용하고 평화롭게 살아가자꾸나. 그러니 다투지 말고 사이좋게 지내자."

온화한 표정으로 그렇게 말한 다크니스는 우리를 향해 미소 지었다.

"……너, 얼마 전까지 자기 집에 틀어박혀 있던 녀석답지 않게 기분이 꽤 좋아 보이네. 영주 아저씨에게 버림받은 트라우마는 아문 거야? 뭐, 처녀 돌싱 아가씨는 신선하다고 생각해. 그러니 너는 더욱 많은 속성을 추가하라고."

"나는 버림받은 적 없다! 영주는 자신이 저지른 악행이 탄로 나서 야반도주한 게 틀림없단 말이다! ……게다가 나는 돌싱 같은 게 아니다. 내 호적은 여전히 깨끗하거든."

다크니스는 그렇게 말하면서 자신만만하게 웃었다.

"……뭐? ……앗! 이 녀석, 귀족의 특권을 써서 호적을 고쳤구나! 어이, 메구밍. 다크니스 좀 봐. 옛날에 더스티네스 가문은 권력을 부당하게 사용하지 않는다고 떠들어 댔지만, 자기가 궁지에 몰리니 요 모양 요 꼴이라고."

"다크니스도 옛날에 비해 많이 변했군요. 고지식함이 사라졌고, 머리가 꽤 유연해졌어요. 아마 카즈마한테서 영향을 받은 거겠죠."

권력을 이용해 호적을 고쳤다는 사실을 순식간에 들킨 다크니스는 볼을 붉혔다.

"둘 다 그만해! 다크니스는 말이지. 실은 꿈 많은 여자아이야. 자신에게 어울리지 않는다면서도 귀여운 옷을 좋아하고, 봉제 인형 같은 것도 좋아하는 데다, 우리가 없을 때만 젤 킹을 몰래 살펴보는 착한 아이란 말이야! 그런 순진무구하고 귀여운 다크니스가 호적을 고친 정도로…… 앗, 다크니스, 뭐하는 거야?! 나는 너를 감싸주려는 거라구!"

다크니스가 울먹거리며 아쿠아의 입을 막으려고 한 순간이었다.

현관 쪽에서 노크 소리가 들린 후, 찰칵 하는 소리와 함께 문이 열렸다.

"실례할게~. ……다들 오늘도 즐거워 보이네."

안에 들어온 사람은 평소와 마찬가지로 우리를 보며 쓴웃음을 짓고 있는 크리스였다.

7

"—그러니까 조수 군에게는 이미 부탁했다시피, 가능하면 다들 신기를 모으는 걸 도와줬으면 해."

크리스는 지금까지의 경위를 설명한 후, 젤 킹의 침상 대용이 된 바닐의 껍데기에서 눈을 떼지 못한 채 한숨을 내쉬었다.

다크니스는 크리스의 이야기를 끝까지 듣더니 미간을 찌푸리며 미안해하는 목소리로 말했다.

"도와주고 싶은 마음은 굴뚝같다만……. 크리스, 미안하다. 전 영주가 행방불명된 바람에 아직 몸이 완전히 회복되지 않은 아버님을 대신해 내가 영주 업무를 보고 있다. 그래서 본격적으로 너를 돕는 건 아버님께서 일어나신 후에야……."

"괜찮아. 그것도 중요한 일이잖아. 마음만으로도 기뻐. 고마워, 다크니스."

크리스는 그렇게 말하고 다크니스를 향해 미소 짓더니 기대 어린 눈동자로 다른 두 사람을 쳐다보았다.

"제가 도울 일이 있다면 도울게요. 하지만 제가 할 수 있는 일은 한정되어 있어요. 그 신기가 나쁜 사람 손에 들어갔다면, 제 폭렬마법으로 협박하는 것 정도는 가능하겠네요."

"고, 고마워, 메구밍. 메구밍에게 부탁할 일이 있다면 바로 이야기할게. 으음, 그럼…….”

크리스가 기대에 찬 눈길로 아쿠아를 쳐다보자 젤 킹을 귀여워하고 있던 아쿠아가 딱 잘라 말했다.

“유감이지만, 나는 도울 수 없어.”

그 말이 뜻밖이었는지 다들 아쿠아를 주목했다.

“네가 하는 거라고는 병아리에게 밥을 준 후에 뒹굴뒹굴하는 것뿐이잖아? 우리 중에서 가장 한가하니까 좀 도와줘.”

아쿠아는 젤 킹을 꼭 끌어안더니 내 말을 비웃듯 훗 하고 웃음을 흘렸다.

짜증이 확 치솟았지만 이 상황에서 아쿠아를 울렸다간 이야기가 딴 길로 새고 말 것이다.

아쿠아는 젤 킹에게 난 털의 감촉을 즐기면서 잘난 척하는 표정으로 말했다.

“저기, 카즈마. 카즈마는 부모의 마음을 알아?”

“……갑자기 무슨 소리야? 그걸 알면 온라인 게임 친구들에게 엄마 울리는 카즈마 씨라고 불리진 않았을 거라고.”

“뭐, 그렇겠지. 역시 카즈마다워. 매일같이 학교에도 안 가고 게임만 해 대고, 가족이 학교에 가라고 설득해도 헛소리만 늘어놨지. ……하지만 그런 못난 자식도, 부모에게 있어서는 눈에 넣어도 아프지 않을 만큼 귀여운 존재야.”

방금의 못난 자식이 나를 빗대서 한 말이라면 이 녀석을 한 방 쥐어박아줘야겠다.

"못난 자식일수록 귀엽다. 그런 말이 있다는 건 알고 있었어. 하지만 나는 이 애를 누구보다도 강하고, 그 무엇보다도 숭상받는 멋진 드래곤으로 키우고 싶어! 이 애에게 영재 교육을 시켜서 드래곤들의 정점에 서게 해야 한단 말이야. ……그래서 똑똑한 나는 생각했어. 자식은 부모의 등을 보며 큰다는 말이 있잖아? 그러니까 내 강한 모습과 숭상받는 모습을 이 애한테 보여줄까 해."

아쿠아가 진지하기 그지없는 표정으로 그렇게 말하자 나는 그녀에게 물었다.

"구체적으로 뭘 어쩔 건데?"

"우선 마왕을 쓰러뜨려볼까 싶었는데, 지금의 내 실력이면 종이 한 장 차이로 질 가능성이 있어. 그러니까 그건 최후의 수단으로 남겨 둘 거야."

"……뭘 근거로 마왕과 종이 한 장 차이의 실력이라는 건지 모르겠지만, 네가 저 병아리를 산 건 마왕과 싸울 때 전력으로 삼기 위해서잖아? 전제 자체가 이상한 것 같은데?"

"카즈마, 무슨 소리야? 귀여운 내 새끼한테 그렇게 위험한 짓을 시킬 리가 없잖아."

"너야말로 무슨 소리야."

이 녀석, 달걀을 부화시키면서 모성애에 눈뜬 거냐.

"뭐, 내 강한 모습은 나중에 보여줘도 돼. 지금은 그보다 중요한 이벤트를 앞두고 있거든."

……중요한 이벤트?

아쿠아는 우리를 둘러보더니—.

"다들 여신 에리스 감사제라고 알아?"

……뜬금없이 그런 소리를 했다.

—여신 에리스 감사제.

그것은 1년을 무사히 보낸 것을 기뻐하고 감사하며 행운의 여신 에리스를 칭송하는 축제다.

매년 이 시기에 세계 각지에서 열리는 연례행사라고 한다.

내 옆에서 홍차를 마시고 있는 크리스를 쳐다보니 부끄러운지 고개를 돌렸다.

"이 마을에서도 에리스 축제를 하는군요. 저희 마을에서도 해요. 이날 행운의 여신 에리스 분장을 하면 다음 축제가 열릴 때까지 1년 동안 무사히 지낼 수 있다고 하죠."

흐음, 그런 운치 있는 것도 하는구나.

내가 감탄하면서 크리스를 쳐다보자 그녀는 살며시 고개를 저었다.

아무래도 그건 미신인 것 같았다.

"에리스 축제에는 우리 가문도 매년 참가하고 있다. 더스티네스 가문은 대대로 경건한 에리스 교도지. 축제 개최에

맞춰 매년 거액을 기부하고 있다."

크리스는 그 말을 듣고 멋쩍어했다.

"그럼 이 마을에서도 에리스 님 코스프레를 볼 수 있다는 거네. ……좀 기대되는걸!"

"그런가요? 저는 그 축제를 그다지 좋아하지 않아요. 여성만 여신 에리스로 분장하는 건 아니거든요."

"그딴 정보는 듣고 싶지 않았어."

바로 그때, 아쿠아가 테이블을 손바닥으로 내려쳤다.

"다들 무슨 소리야?! 내가 하려는 말은 축제를 즐기자는 이야기가 아냐! 나를 제쳐 두고, 아야야야얏! 저기, 젤 킹. 왜 나를 깨무는 거야?! 이 엄마의 어디가 마음에 안 드는 건데?!"

아쿠아가 테이블을 내려친 바람에 놀란 병아리가 그녀의 손을 깨물었다.

"너 대체 아까부터 무슨 소리를 하는 거야?"

내가 어이없어하면서 묻자 아쿠아는 말했다.

"에리스 축제 같은 것도 있는데, 아쿠아 축제가 없다는 건 이상하잖아? 그러니까 올해는 에리스 축제 말고 아쿠아 축제를 열자!"

크리스는 입 안에 머금었던 홍차를 뿜었다.

아쿠아는 콜록거리는 크리스를 곁눈질하면서 단호한 목소리로 말했다.

"솔직히 말해 완전 너무하잖아! 에리스 축제가 있는데, 왜 그 애의 선배인 아쿠아 축제는 안 여는 건데?! 가끔은 교대해줘도 되잖아! 나, 젤 킹에게 멋진 모습을 보여주고 싶단 말이야!"

이 녀석, 에리스 본인 앞에서 무슨 소리를 하는 거야?

"게다가 에리스는 왜 그렇게 평판이 좋은 거야?! 그 애는 말이지. 조신해 보이지만 의외로 장난기가 많거든? 게다가 멋대로 많은 일을 짊어지고, 가능한 한 혼자서 해결하려고 하는 애야. 아직 미숙한 그 애를 내가 얼마나 도와줬는지 셀 수도 없을 지경이란 말이야!"

나는 여전히 기침하고 있는 크리스에게 귓속말로 말했다.

"저 녀석이 저렇게 떠들어 대는데, 진짜로 그렇게 도움을 받았어?"

"……따, 딱 한 번 받았어. 하지만 선배가 떠넘긴 일을 하다 내 일이 점점 쌓여버린 바람에……. 그래서 난감하던 차에 부탁했더니, 「하아, 어쩔 수 없네! 에리스는 내가 없으면 안 된다니깐!」 하고 으스대면서 도와줬어……."

어이, 그게 무슨 소리야.

우리가 소곤대고 있을 때, 다크니스가 어이없다는 표정을 지으며 말했다.

"하아, 이런 말도 안 되는 소리로 에리스 님을 깎아내리니까 아쿠아는 운이 없는 거다. 아쿠아가 항상 험한 꼴을 당하는 건 에리스 님께서 내리는 벌이 틀림없어."

"뭐?! 그럼 마구 놀려 댔던 들개에게 느닷없이 쫓긴 것도, 아이스크림을 사자마자 떨어뜨린 것도 전부 에리스 짓이야? 에리스 녀석, 생긴 것과 달리 진짜 무서운 애네!"

내가 옆을 힐끔 쳐다보니 크리스는 울먹거리며 고개를 세차게 저었다.

"뭐, 아무튼 나는 도울 수 없다. 아까도 말했다시피 지금은 영주 대행으로서 해야 할 일이 산더미 같거든. 축제 기간 동안에는 도저히 시간을 낼 수 없을 것 같다."

"너무해~! 악덕 영주에게 시집갈 뻔한 너를 카즈마 일행과 함께 구했고, 너희 아버지에게 걸린 저주도 풀어줬는데!"

"으……. 그 말을 들으니 좀 찔리지만, 그래도 나는 경건한 에리스 신도인지라……."

다크니스가 그렇게 말하자 크리스는 휴우 하고 한숨을 내쉬었다.

"흥! 됐어! 다크니스는 남편한테 버림받은 이혼녀!"

"남편한테 버림받은 이혼녀?! 잠깐, 아쿠아. 그 호칭은……!"

"메구밍은?! 저기, 메구밍은 어떻게 할 거야?! 당연히 도와줄 거지?!"

"남편한테 버림받은 이혼녀……."

남편한테 버림받은 이혼녀가 울상을 지으며 고개를 숙인

가운데, 젤 킹을 조심조심 만져보던 메구밍이 입을 열었다.
“뭐, 좋아요. 저는 에리스 교도가 아니니까요. 그리고 아쿠시즈 교도 중에 지인도 있거든요. 실은 그들에게 신세를 진 적도 있어요.”
“윽?!”
크리스는 그 말을 듣더니 고개를 치켜들었고 아쿠아는 순수하게 기뻐했다.
“역시 메구밍! 카즈마는 당연히…….”
“안 도와줄 거야.”
“도우란 말이야, 이 망할 백수야! 너, 매일같이 퍼질러 자기만 하잖아! 저기, 부탁이야! 원한다면 나 대신 젤 킹에게 먹이를 줘도 돼! 딱 한 번만 양보해줄게!”
“됐어! 왜 병아리한테 밥 주는 걸 포상으로 여기는 건데?!”
“저, 저기, 저는 해보고 싶어요…….”
몇몇 인물은 포상으로 여기는 것 같았다.
“그리고 에리스 축제를 중지시키는 건 도저히 무리야. 그랬다간 에리스 교단이 광분할걸?”
“으음……. 그걸 어떻게든 하는 게 카즈마 씨의 평소 역할인데요…….”
“어이, 헛소리하지 마.”
내가 아쿠아에게 딱 잘라서 그렇게 말하자 크리스는 휴우

하고 한숨을 내쉬었다.

아쿠아는 그 말을 듣더니 고개를 번쩍 들면서 선언했다.

"됐어! 카즈마는 구두쇠! 나랑 메구밍, 크리스, 이렇게 셋이서 어떻게든 할 거야!"

"뭐어어어엇?!"

크리스는 오늘 들어 가장 심하게 놀랐다.

제2장 이 성스러운 갑옷에게 주인을!

1

두터운 커튼 사이로 여름 햇살이 스며들어 왔다.

그 햇살을 막기 위해 이불을 머리까지 뒤집어쓴 순간, 누군가가 이 방의 문을 격렬하게 두드려 댔다.

"카즈마! 언제까지 퍼질러 잘 거야?! 옷은 입고 있지? 그렇고 그런 짓은 안 했지? 안 한 거 맞지? 들어갈게! ……꺄아, 추워!!"

아침부터 의욕이 하늘을 찌르던 아쿠아는 방에 들어오자마자 비명을 질렀다.

나는 이불 속에서 얼굴만 쏙 내밀었다.

"어이, 아침부터 시끄러워. 그리고 냉기가 새어 나가니까 문 닫아."

"이 말도 몇 번이나 했던 것 같지만, 이미 점심때거든요? 그것보다 왜 이 방은 이렇게 추운 거야? 벽장 안에 야생 동장군이라도 숨겨 놨어? 우리 집에는 촘스케와 젤 킹이 있으니까 애완동물은 충분하거든?"

“내가 그렇게 무시무시한 걸 기를 리 없잖아. 이 방의 모퉁이 네 곳을 봐. 양동이가 놓여 있지? 그 안에 얼음이 들어 있어.”

그 말에 흥미를 가진 아쿠아는 양동이 안을 들여다보았다.

“이 한여름에 얼음은 어디서 난 거야? 열대야에 대비해 나도 얼음을 장만하고 싶네.”

“전에 위즈가 최고 품질의 마나타이트를 잔뜩 샀다고 했지? 그 말을 듣고 좋은 아이디어가 생각났어. 값싼 마나타이트를 잔뜩 사들인 후, 프리즈로 얼음을 잔뜩 만드는 거야. 그걸로 더운 여름에 방 안을 시원하게 만들어서 이불을 덮고 낮잠을 잔다. 이것보다 더 끝내주는 호사는 흔치 않을걸?”

내가 머리까지 이불을 뒤집어쓰자 아쿠아는 부럽다는 눈길로 나를 쳐다보면서 말했다.

“카즈마 씨는 돈과 마법의 낭비에 있어서만큼은 타의 추종을 불허하는구나. ……저기, 오늘 밤은 더울 것 같으니까 나한테도 얼음을 만들어주면 안 돼?”

“그건 상관없는데, 무슨 일이야? 너 오늘은 아쿠시즈교의 교회에 간다고 하지 않았어?”

어제 크리스에게서 억지로 협력 약속을 받아 낸 아쿠아는, 오늘 아쿠시즈 교회에 가서 자신의 신자들을 끌어모으겠다며 호언장담했지만…….

“남에게 사랑받은 적이 없는 카즈마는 이해하기 힘들겠지만, 자기 신자들에게 나를 칭송하는 축제를 열자고 말하는 것도 좀 부끄럽잖아? 그러니 누가 같이 가서 내 신자들에게 은근슬쩍 아쿠아 축제를 열자는 이야기를 해줬으면 해."

아쿠아는 양동이에 손을 넣더니 얼음물을 기분 좋게 휘저으며 그렇게 말했다.

"거금을 손에 넣은 다음부터 독신 여성 모험가와 길드 직원 아가씨들에게 사랑받고 있는 나를 뭐로 보고 그딴 소리를 하는 거야. 그리고 평소에는 분위기 파악 못하며 제멋대로 떠들어 대면서 이럴 때만 귀찮게 구네. 어제도 말했다시피 나는 안 도울 거야. 아쿠시즈 교도와 얽히고 싶지 않거든. 메구밍이나 다크니스보고 같이 가자고 해."

"다크니스한테 몇 번이나 애걸복걸해봤지만 역시 영주 대행 일로 바쁘대. 그리고 메구밍은 지금부터 아는 사람을 만나러 가야 하기 때문에 아쿠아와 놀아줄 수 없어요, 하고 딱 잘라 말했단 말이야."

아쿠아는 그렇게 말하더니 얼음이 들어 있는 양동이를 들고 내 곁으로…….

"어이, 네가 지금 들고 있는 건 뭐야. 나는 안 갈 거야. 이렇게 더운 날에 밖에 나갈 것 같아? 하, 하지 마! 내 이불에 무슨 짓을 하려는 거야! 말린 지 얼마 안 됐으니까 물 뿌리지 말라고! 그딴 짓 하면 험한 꼴을……. 알았어! 같이 가줄 테니까 양동이를 내려놔!"

—나와 아쿠아는 액셀 마을 외곽에 있는 조그마한 건물 앞에 서 있었다.

"여기야. 겉보기에는 허름한 교회지만, 그 점이 아쿠시즈 교도의 겸허함을 드러내고 있어서 좋지."

"불면 날아갈 것 같은 교회네."

여기가 바로 이 마을에 있는 아쿠시즈 교회였다.

그러고 보니 나는 이 마을에 오래 살았지만 이곳에는 처음 와봤다.

"이 교회의 책임자는 어떤 사람이야? 또 엄청난 강자가 살고 있는 건 아니겠지? 이미 캐릭터성이 강렬한 녀석들은 충분히 많다고. 이상한 녀석이 튀어나오면 나는 확 돌아가 버릴 거야."

"아쿠시즈 교단의 아이들은 다 착하니까 걱정하지 마. 하지만 나도 이곳의 책임자는 만나본 적이 없네. 최근에 새로운 책임자가 부임했다던데……."

아쿠아는 그렇게 말하며 교회의 문을 향해 손을 뻗었지만—.

『자, 찾는 물건은 이거 맞지? 확인해봐. ……하아, 가능하면 앞으로 이딴 상품은 찾지 마.』

……안에서 남자의 목소리가 들려오자 움직임을 멈췄다.

이딴 상품?

『……확인했어. 역시 당신에게 부탁하길 잘했네. 최상품이 틀림없어. 그리고 걱정하지 마. 많이 써봐서 익숙하거든. 그리고 내가 개인적으로 즐기려는 것뿐이야.』

그리고 여자의 목소리가 들려오자 나와 아쿠아는 서로를 쳐다보았다.

『그럼 됐어. 하지만 너무 즐기지는 말라고. 이것 때문에 매년 사상자가 발생하고 있거든. 그러니까 조심해.』

아무래도 엄청난 상황에 직면하고 만 것 같다.

아쿠시즈 교단이 불법 상품에 손을 대다니……!

……어, 위화감이 전혀 느껴지지 않네.

"어이, 아쿠아. 빨리 경찰서로 가자."

"자, 잠깐만 기다려! 우리 애들이 범죄를 저지를 리가 없어! 이건 뭔가 잘못된 거야! 자초지종을 확인할 때까지 기다려줘!"

"네 신자들이 에리스 교도들에게 하는 성희롱과 악행도 엄연한 범죄야."

아무튼 여기 있으면 위험하다.

우리가 방금 그 이야기를 들었다는 사실을 알면 우리 입을 막으려고 들지도 모른다.

내가 아쿠아를 억지로 잡아끌면서 이 자리를 벗어나려고 한 순간—.

『하아, 당신은 전혀 변하지 않았군요. 이 새하얀 가루가 그렇게 좋아요?』

—그것은 메구밍의 목소리였다.

느닷없이 동료의 목소리가 들려오자 나와 아쿠아는 그 자리에서 얼어붙었다.

메구밍이 왜 여기 있는 거야?

그리고 방금 새하얀 가루라고 했지?

잠깐만 있어 봐. 메구밍이 이렇게 위험한 거래 현장에 있다는 건…….

『이게 그렇게 좋은 건가요? 전에 권했을 때는 안 먹었지만, 왠지 저도 한번 접해보고 싶어지네요.』

어이어이.

『아가씨. 이건 언뜻 보면 새하얀 가루지만, 뜨거운 물에 녹이면…….』

야, 그만해.

이거, 메구밍의 목소리 맞지?

목소리만 비슷한 다른 사람은 아니지?

나와 아쿠아가 난입할지 말지 고민하고 있을 때, 결정적인 말이 들려왔다.

『그럼 한번 시험해볼래? 메구밍 양, 걱정하지 마. 다들 처음에는 겁먹기 마련이야. 하지만 이걸 한번 맛보면 완전히 중독…….』

나는 문을 걷어찼다.

2

"—멈춰, 이 사악한 교도들아!! 이 자식들이 내 동료한테 무슨 짓을 하려는 거야?! 확 죽여 버린다!"

안에는 내가 문을 걷어찬 탓에 깜짝 놀란 두 남녀가 있었다.

그리고—.

"카, 카즈마?! 당신이 왜 여기 있는 거죠……! 그리고 아쿠아까지……?!"

그 두 사람 사이에 서 있던 메구밍이 깜짝 놀란 표정을 지은 채 딱딱하게 굳어 있었다.

"왜긴 왜야! 그것보다 거기 두 범죄자! 꼼짝도 하지 마! 나는 이래 봬도 이 마을에서 알아주는 모험가야! 저항하면 본때를 보여주겠어!!"

내가 협박하자 이 자리에 있던 여성—.

아쿠시즈 교도로 보이는 프리스트가 하얀색 가루를 손에 든 채 움찔했다.

"자, 잠깐만! 이건 거래가 금지된 상품이지만, 나 혼자 즐기려고 구한 거니까……."

"누가 그런 말을 믿을 거 같아?! 방금 내 동료한테도 권했잖아! 그것 때문에 내 동료가 더 이상해지기라도 하면 책임질 거냐고! 그런 무시무시한 건 내 틴더로 태워버리겠어!"

내가 그렇게 말하며 오른손을 내밀자 그 프리스트는 들고 있던 가루를 지키듯 허둥지둥 품에 꼭 끌어안았다.

바로 그때, 아쿠아가 내 옆을 스쳐 지나가더니—.

"갓 블로오오오오오!!"

영문을 모르겠다는 표정을 짓고 있는 그 남자를 향해 주먹을 휘둘렀다.

아쿠아의 주먹이 정확하게 명치에 꽂히자 그는 비명도 지르지 못하고 그대로 무너지듯 쓰러졌다.

"두, 둘 다 뭐하는 거예요?! 느닷없이 난입하더니, 왜 이런 짓을 하는 건데요?!"

나는 당황한 메구밍을 개의치 않으며 프리스트와 대치했다.

"메구밍은 입 다물고 있어! 어이, 아무것도 모르는 소녀를 속여서 나쁜 길로 끌어들이려고 한 사악한 프리스트! 나는 상대가 성직자든, 여자든 가리지 않고 주먹을 휘두르는 평등주의자야. 내 동료에게 수상한 놀이를 가르쳐준 답례 삼아, 신자를 제대로 교육시키지 못한 저 여신을 대신해 내가 성스러운 주먹을 먹여주마."

"저기, 카즈마! 잠시만 기다려! 분명 이 애한테도 피치 못할 사정이 있을 거야! 이 남자는 아쿠시즈 교도가 아닌 것 같아서 주저 없이 벌을 내렸지만, 이 애한테서는 경건한 아쿠시즈 교도의 오라가 느껴져! 그러니 일단 이야기를 들어보자, 응?!"

아쿠아는 프리스트에게 달려들려고 하는 내 팔에 매달리며 그렇게 말했다.

그런 아쿠아를 본 프리스트는 눈을 치켜떴다.

"당신은?! ……아아, 이럴 수가……. ……후훗, 나쁜 짓은 할 게 못되네. 좋아. 내가 졌어. 이걸 태우든, 나를 경찰에 넘기든, 알아서 해……."

"어, 언니?!"

프리스트는 아쿠아를 보자마자 죄를 인정하더니 고개를 푹 숙였다.

그런 프리스트의 옆에 있던 메구밍은 여전히 혼란스러워하면서 나와 프리스트를 번갈아 쳐다보았다.

"저항하지 않겠다면 심한 짓은 하지 않겠지만, 경찰서에 같이 가줘야겠어. 그곳에서 죄를 씻어."

"그래. 알았어. ……후후, 메구밍은 이런 나를 아직도 언니라고 불러주는 거야? 하지만 그렇게 걱정스러운 표정 안 해도 돼. 죄를 씻고 나면 다시 만날 수 있을 테니까……. 그래. 아마 오늘 저녁 즈음에는 만날 수 있을 거야."

그렇게 말하면서 덧없는 미소를 짓는 프리스트…….

"……오늘 저녁? 무슨 소리야. 그렇게 빨리 나올 리가 없잖아."

"당신이야말로 무슨 소린데? 우뭇가사리 슬라임을 불법 소지해 봤자 한 시간 정도 설교 듣고 풀려날 거란 말이야."

우뭇가사리 슬라임.

"……그 슬라임은 또 뭐야? 그걸 쓰면 중독된다거나, 기분이 엄청 좋아진다거나……."

"그런 위험한 물건일 리가 없잖아요. 우뭇가사리 슬라임은 목 넘김이 좋고 식감이 탱글탱글해서 할아버지부터 아이들까지 모두 좋아하는 음식이에요."

나는 메구밍의 설명을 듣고 입을 다물었다.

"…………하지만 아까 매년 사상자가 발생한다고……."

"식품의 특성상 잘 씹지 않고 삼키는 사람이 많거든요. 그래서 목이 막혀 목숨을 잃는 사람이 매년 나오고 있어요. 새댁이 시어머니에게 드리는 생일 선물로 가장 인기 있는 상품이죠."

………….

"하, 하지만 저 새하얀 가루는 거래가 금지된 상품이라면서. 그럼 소지하고 있는 것만으로도 죄가 되는 거 아냐?"

프리스트는 슬픈 표정을 지으며 고개를 저었다.

"예전에 아르칸레티아에서 마왕군이 우뭇가사리 슬라임을 이용한 무차별 테러를 자행했어……. 마을의 온천수를 우뭇가사리 슬라임으로 바꾼다는 무시무시한 짓이었지. 그

후로 마왕군이 우뭇가사리 슬라임을 온천에 푼 데에는 이유가 있을 것이다, 뭔가 흉악한 부작용이 있는 게 틀림없다면서 연구가 진행되고 있어. ……그리고 우뭇가사리 슬라임의 안전이 확인될 때까지 섭취를 자제하래…….”

마왕군은 왜 그런 멍청이 같은 짓을 한 것일까.

“하지만 나에게 있어 우뭇가사리 슬라임은 그 무엇과도 바꿀 수 없을 만큼 소중해! 그래서 혼난다는 걸 알면서도, 결국 이런 짓을……!”

슬슬 집에 갈지 말지 고민하고 있는 내 앞에서 그 프리스트는 울음을 터뜨렸다.

아쿠아는 그 프리스트의 어깨에 손을 얹었다.

“그대, 경건한 아쿠시즈 교도여……. 아쿠시즈교 교의(教義), 제7항을 떠올려보거라.”

프리스트는 아쿠아의 말을 듣고 고개를 들었다.

“제7항……? ……아! 『그대, 참을 필요 없노라. 마시고 싶을 때 마시고, 먹고 싶을 때 먹어라. 내일은 즐길 수 없을지도 모르니……』.”

“그래. 그대, 참을 필요 없노라. 설령 그게 남의 접시에 놓인 닭튀김일지라도 먹고 싶으면 먹으면 돼. 우뭇가사리 슬라임이 먹고 싶으면 참을 필요 없어. 참는 건 몸에 안 좋다는 말도 있잖아.”

“아아……. 아쿠아 님, 감사합니다……!!”

나는 묘한 짓을 시작한 아쿠아와 프리스트에게서 떨어진 후, 곁에 있는 메구밍에게 귓속말을 했다.

"어이, 어떻게 하지? 말리는 편이 좋을까, 아니면 얽히지 않는 편이 좋을까?"

"둘 중 하나를 선택해야 한다면 분명 얽히지 않는 편이 좋겠지만, 곧 상황은 진정될 거예요. ……그것보다, 카즈마랑 아쿠아는 왜 여기 온 거예요? 오늘 아침에 아쿠아가 같이 가줬으면 하는 장소가 있다고 했는데, 혹시 이곳에 볼일이 있었던 건가요?"

3

—치료를 받고 깨어난 상인을 배웅한 후…….

나는 이상한 짓을 계속하고 있는 아쿠아와 그 프리스트를 곁눈질하면서 지금까지의 경위를 설명했다.

"……그래서 제가 이상한 녀석들 때문에 위험한 놀이에 말려들 것 같다고 착각해서 난입한 거군요."

"그래. 하지만 미안해. 저 프리스트 누님이 네가 말한 지인이지? 저기, 괜히 착각해서 폐를 끼쳤네."

내가 머리를 긁적이며 사과하자 메구밍은 빙긋 웃었다.

"괜찮아요. 그만큼 저를 걱정해준 거잖아요? 「멈춰, 이 사악한 교도들아!! 이 자식들이 내 동료한테 무슨 짓을 하려는 거야?! 확 죽여 버린다!」였던가요? 후훗, 꼭 기억해 둬야만 할 카즈마의 발언이 하나 더 늘었군요."

"그, 그냥 잊어줘. 아까는 필사적이었단 말이야. ……어이, 히죽거리지 마. 그 씰룩대고 있는 볼을 확 꼬집어버린다?"

내가 노려보는데도 메구밍은 여전히 기쁜 듯한 표정을 짓고 있었다.

……그래도, 아무 일도 없었던 것 같으니—.

"아앗!"

바로 그때, 그런 분위기를 깨듯 교회 안에서 새된 비명이 울려 퍼졌다.

그것은 지금까지 아쿠아에게 위로받던 프리스트의 목소리였다.

"저, 저 사람은 대체 누구죠?! 메구밍 양을 향해 미소를 지으면서 츤데레 오라를 뿜고 있잖아요! 게다가 메구밍 양도 싫지 않다는 듯 칠칠치 못한 표정을 짓고 있어요! 아아, 메구밍 양은 여전히 귀엽네요! 확 끌어안아도 될까요?!"

"하, 하지 마세요. 그것보다 아직 언니를 이 두 사람에게 소개하지 않았네요."

프리스트가 손가락을 꿈틀거리면서 다가오자 메구밍은 우리를 향해 고개를 돌렸다.

"카즈마, 아쿠아. 소개할게요. 이 사람은 세실리 씨. 이 교회의 책임자예요. 으음, 저와 어떤 사이냐면……."

"언니예요."

"아무렇지도 않게 날조하지 마세요! 저기, 예전에 신세를 졌다고 할까요……."

이 세실리라는 누님은 대체 뭘까.

엄청 예쁜 사람이지만 그녀에게서는 내 동료들과 마찬가지로 막장 오라가 느껴졌다.

이윽고 세실리는 아쿠아를 향해 천천히 고개를 숙였다.

"그럼……. 처음 뵙겠습니다, 아쿠아 님. 당신에 대해서는 교단의 최고 책임자이신 제스터 님에게서 들었습니다. 제 이름은 세실리예요. 제가 도와드릴 일이 있다면 뭐든 말씀해 주세요."

세실리는 그렇게 말하더니 사랑하는 이에게 지을 것 같은 부드러운 미소를 입가에 머금었다.

"흐음, 뭐든지? 양말에 구멍이 났으니까 새걸 사 오라고 해도 돼?"

"물론이죠, 아쿠아 님! 사 올 뿐만 아니라 아예 신겨 드릴…… 아앗! 당신 지금 뭐하는 거야? 이 누님이 아무리 예뻐도 그렇지, 느닷없이 이런 짓은 좀 그렇잖아!"

나는 바보 같은 소리를 하는 세실리를 교회 구석으로 끌고 갔다.

"어이, 까딱하면 기어오르니까 너무 어리광을 받아주지 마. 그리고 너는 초면인 아쿠아에게 엄청 충성하네. ……혹시 아쿠시즈 교단은 저 녀석의 정체를 눈치챘어?"

"저기, 무슨 소리를 하는 건지 모르겠거든. 아쿠아 님은 아쿠아 님이야. 저분은 우리 마을을 구해주신 아크 프리스트. 우리가 숭배하는 여신 아쿠아 님을 쏙 빼닮은 아크 프리스트. 여신님과 이름이 같을 뿐인 아크 프리스트. 나는 그런 아쿠아 님의 종으로서, 아쿠아 님의 위광에 들러붙어 호가호위하기 위해 이 마을에 온 거야."

"너, 그냥 아르칸레티아로 돌아가 주지 않을래?"

하지만 방금 그 반응 덕분에 눈치챘다.

아마 아쿠시즈 교단은 아쿠아의 정체를 눈치챘다.

게다가 강림한 여신 아쿠아를 성대하게 떠받들지 않고, 그저 지켜볼 생각인 것 같았다.

적어도 나와 아쿠아에게 해를 끼칠 생각은 없는 것이리라.

……어느새 우리 곁으로 온 아쿠아가 내 옷자락을 잡아당겼다.

그리고 뭔가 할 말이 있는 표정으로 나를 힐끔힐끔 쳐다보고 있었다.

아무래도 자기 입으로 말하는 건 부끄러우니 내가 아쿠아 축제를 개최하라는 말을 해줬으면 하는 것 같았다. 정말 귀찮게 하네.

"저기, 메구밍의 지인인 세실리 씨라고 했죠?"

"그렇게 체면 차리지 말고 좀 더 편하게 대해도 돼. 뭣하면 세실리 누나~ 하고 불러도 괜찮아."

왠지 이 사람을 보고 있으니 아쿠아가 두 명으로 늘어난 것 같았다.

옆에서 눈을 반짝이며 재촉하고 있는 아쿠아가 정말 짜증났다.

"……으음, 실은 곧 이 마을에서 여신 에리스 감사제라는 게 열린다는 걸 알고……."

"당연히 알지! 응, 알아! 짜증 나는 에리스 교도가 우리 아쿠아 님을 제쳐 놓고 에리스 감사제 같은 영문 모를 축제를 벌이려고 획책하고 있는 거잖아!"

세실리는 내가 말을 끝까지 잇기도 전에 콧김을 뿜으면서 그렇게 외쳤다.

"지금은 여름이야. 그리고 여름 하면? 바로 바다와 풀장과 아쿠시즈 교단이지. 그럼 축제 하면? 그것도 물론 아쿠시즈 교단이야. 연회와 축제, 그리고 특히 여름을 좋아하는 아쿠시즈 교단이 두 눈 시퍼렇게 뜨고 있는데, 이 시기에 에리스 감사제 같은 걸 개최하다니! 그건 우리에게 싸움을 거는 거나 다름없어. 응, 이건 전쟁이야. 전쟁을 하자는 거나 마찬가지란 말이야!"

아쿠시즈 교도 중에는 제대로 된 녀석이 한 명도 없는 것일까.

아쿠아는 세실리의 말에 감화된 것처럼 눈을 반짝이고 있었다.

“그러니 역할을 분담하자. 나는 지금부터 에리스 교회에 가서 창문을 다 깨버릴게. 분노로 이성을 잃은 에리스 교도가 나를 쫓아오면, 메구밍이 바람처럼 나타나 멋지게 이름을 밝힌 다음 그들을 해치워버려. 당신은 구경꾼들 사이에 숨어서 「사악한 에리스 교도가 천벌을 받은 거야……」라고 의미심장하게 중얼거리는 역할을 맡아. 아쿠아 님은 여기서 술이나 마시면서 뒹굴고 계세요. ……그럼 가자!!”

“가긴 뭘 가! 태클 걸 곳이 너무 많잖아!! ……너희도 마음이 동한 표정을 짓지 마!”

자신의 활약상을 상상하며 히죽거리는 메구밍과 희희낙락거리면서 술 마실 준비를 시작한 아쿠아는 제쳐 두고, 일단 이 아쿠시즈 교도부터 어떻게 해야겠다.

“저, 저기 말이야. 우리도 그 축제에 대항해서 여신 아쿠아 감사제 같은 걸 개최하면 어떨까?”

4

“만나서 반갑습니다. 저는 아쿠시즈 교단 액셀 지부장인 세실리라고 해요. 실은 여러분께 긴히 부탁드리고 싶은 게—.”

"돌아가 주세요."

액셀 마을의 상점가.

그곳에서는 각 상점의 점주들이 여신 에리스 감사제 준비에 힘쓰고 있었다.

"왜 이러는 거야! 이렇게 예의를 갖춰서 부탁하고 있는데 뭐가 불만인 건데! 「크흐흐, 아쿠시즈 교단의 미인 프리스트 씨. 우리가 당신의 부탁을 들어주길 원한다면 그에 걸맞은 성의를 보여야 하지 않겠습니까?」 같은 소리를 하며 내 육감적인 몸을……! 그렇게는 안 돼! 이 배교자들아! 아쿠시즈 교도의 힘을 보여주겠어!"

"이 미친 여자는 뭐야?! 이래서 아쿠시즈 교도와는 얽히고 싶지 않은 거라고! 그, 그만해! 잠깐! 누가 좀 와봐!"

현재 내 눈앞에서는 세실리가 이 상점가의 회장인 남자의 목을 조르고 있었다.

"……어이, 메구밍. 너는 저 사람 친구지? 좀 말려봐."

"친구가 아니라 지인이에요. 그걸 착각하지 말아주세요."

아쿠시즈 교도와 함께 축제 허가를 받으러 왔을 뿐인데, 왜 이런 소동이 일어나고 만 것일까.

문제아를 둘이나 데리고 갔다간 일이 골치 아파질 것 같아서 아쿠아는 교회에 남겨 두고 왔는데, 한 명이든 두 명이든 별 차이가 없었다.

나는 메구밍과 함께 상점가를 둘러보았다.

각 상점의 점원은 자신들이 연 노점을 정비하고 있으며 홍보용 장대 같은 것도 만드느라 바빠 보였다.

이 광경을 보니 일본의 학교 축제가 생각났다.

내가 이 세계에 오게 된 것은 학교 축제가 끝날 즈음이었다.

결국 학교 축제 당일에도 학교에 가지 않았지만 이세계에 가게 될 줄 알았다면 마지막으로 한 번 가볼 걸 그랬다는 후회가 들었다.

우리 반은 야키소바 노점을 한다고 했었다.

세실리 쪽을 쳐다보니 아직도 상점가 회장을 향해 고함을 질러 대고 있었다.

……이 녀석을 비롯한 아쿠시즈 교도들도 그저 축제가 하고 싶은 것뿐이겠지.

일본을 떠올린 바람에 약간 감상적이 된 나는 회장의 목을 조르고 있는 세실리를 말렸다.

내 의지로 여기까지 오게 된 것은 아니지만 이 광경을 보니 약간 마음이 바뀌었다.

"세실리 씨, 상황이 더 복잡해질 것 같으니 그만해. 내가 대신 설득해볼게."

내가 그렇게 말하자 세실리는 손에서 힘을 뺐다. 겨우 그녀에게서 해방된 회장은 기침을 하며 말했다.

"대신 설득하고 자시고, 누가 뭐라고 하던 우리는……. 응? 당신은 벼락부자 모험가인 사토 씨 아닌가요?"

나, 벼락부자 모험가라고 불리고 있었어? 뭐, 틀린 말은 아니지만…….

일단 이야기를 들어보려는 회장을 보고 마음을 진정시킨 세실리는 흐트러진 옷매무새를 고친 후, 기도하듯 양손으로 깍지를 끼면서 회장을 올려다보았다.

"실은 매년 열리는 여신 에리스 감사제를 여신 아쿠아 감사제로 변경해주셨으면 해서……."

"돌아가 주세요."

"……읏! ……으으으윽!!"

"방해되니까 언니는 이쪽으로 오세요! 자, 제가 같이 놀아드릴게요!"

세실리가 또 회장에게 달려들려고 하자, 메구밍이 등 뒤에서 꼼짝 못하게 붙잡더니 그대로 끌고 갔다. 한편, 나는 약간 겁먹은 것처럼 보이는 회장에게 낮은 목소리로 속삭였다.

"일행이 폐를 끼쳐 죄송합니다. ……뭐, 저희가 이렇게 찾아온 건 방금 그녀가 말한 용건 때문이기는 해요."

"저 아쿠시즈 교도가 말했던 여신 아쿠아 감사제 말인가요? 무리예요. 그런 짓을 했다간 에리스 교단이 뭐라고 할지……."

회장이 단호하게 거절하자 나는 목소리를 더욱 낮추면서 말했다.

"아, 방금 그 아쿠시즈 교도의 말처럼 축제를 아예 변경해 달라는 건 아니에요. 공동 개최라는 형태로 해주셨으면 하는 거죠. 여신 에리스, 여신 아쿠아 감사제라고 해 두면 그들도 만족할 겁니다."

회장은 내 말을 듣고 미심쩍다는 표정을 지었다.

"그런 걸 허락할 리가 없잖아요. 괜한 문제가 벌어질 게 뻔한 데다, 메리트가 전혀 없다고요."

나는 그런 회장에게 불현듯 뭔가가 생각났다는 듯한 표정을 지었다.

"여신 에리스 감사제에 상점가가 전면적으로 협력하는 걸 보면, 매년 축제 기간에 수익이 짭짤한 거겠죠?"

그리고 꽤 가벼운 어조로 질문을 던졌다.

"뭐, 수익이 없지는 않죠. 최근 몇 년 동안은 마왕군의 움직임이 활발해진 탓에 축제 분위기도 가라앉았지만요. ……그런데 왜 그런 걸 묻는 거죠?"

오호라.

"에리스 교도와 아쿠시즈 교도. 이 두 교단은 사이가 좋지 않아요. 뭐, 아쿠시즈 교단이 일방적으로 적의를 드러내고 있을 뿐이지만요. ……자, 그런 상황에서 공동 개최를 한다면 어떻게 될까요? 축제를 좋아하는 아쿠시즈 교도라면, 에리스 교단에 대항하며 분위기를 확 띄워주겠죠. 그리고 에리스 교단도 두고 보기만 하지는 않을 걸요."

"……자세하게 말씀해보시죠."

회장이 나를 향해 몸을 굽히며 이야기에 귀를 기울였다.

"두 교단을 경쟁시키는 거예요. 서로에 대한 대항 의식을 자극하기만 해도 축제의 규모는 커지겠죠. 그리고 그 경쟁에 편승해 가게를 낸 상점가의 매상도 늘어날 거예요."

회장은 그 말을 듣더니 턱에 손을 대며 진지하게 생각에 잠겼다.

하지만 장점은 그게 전부가 아니었다.

"……그리고 장점은 하나 더 있어요. 매년 축제 자금은 누가 내죠?"

"자금요? 에리스 교단에서 절반을 부담하고, 부족한 금액은 귀족분들과 저희 상점가의 기부로 충당하고 있습니다만……."

나는 회장과 마찬가지로 몸을 숙이면서 말했다.

"공동 개최를 하고 싶다고 주장하는 아쿠시즈 교단에게도 자금을 부담하게 하죠. 그러면 에리스 교단과 아쿠시즈 교단만으로 축제 자금을 충당할 수 있을지도 몰라요."

"……하죠. 꼭 하죠! 이야, 젊은 나이에 부자가 된 사토 씨답군요. 당신이 이번 축제의 어드바이저로서 협력해줬으면 합니다만……. 물론 공짜로 해달라는 건 아닙니다."

어이쿠, 이건 뜻밖의 제안이군.

돈 걱정 같은 건 안 해도 되는 처지긴 하지만 이런 솔깃한 제안에 응하지 않을 수야 없지.

"저라도 괜찮다면 협력하겠습니다. 머리를 맞대고 지혜를 짜내서 대박을 터뜨려보죠."

"오래간만에 괜찮은 거래를 한 것 같군요!"

갑자기 웃음을 터뜨린 우리를 주위 사람들이 지켜보는 가운데…….

"진짜로 저 사람에게 맡기길 잘한 걸까요?"

"이 언니도 좀 불안해지기 시작했어."

그런 목소리가 들려왔다.

5

요즘 들어 크리스와의 약속 장소가 되어버린 카페에서, 나는 지금까지의 경과를 보고했다.

"—이렇게 되었어요."

"어째서어어어어어어?! 저기, 왜 그렇게 되어버린 거야?! 절대 무리일 줄 알았는데, 선배가 대체 어떻게 상점가 회장을 설득했길래?!"

벌떡 일어선 크리스는 가게 전체에 울려 퍼질 만큼 큰 목소리로 그렇게 외치고 테이블을 내려쳤다.

"회장을 설득하느라 고생깨나 했어. 하지만 결국 기뻐하더라고."

"네 짓이구나아아아아앗!"

내가 한 건 해냈다는 듯 팔짱을 끼며 고개를 끄덕이자 크리스는 울상을 지으며 나를 향해 고함을 질렀다.

"왜 그랬어?! 너는 귀찮은 일을 싫어하잖아! 그런데 왜 이런 골치 아픈 일을 벌인 건데! 그리고 이대로 가다간 나는 자기 축제를 내팽개치고 선배의 축제를 돕는다는, 완전 얼간이 같은 짓을 해야만 한단 말이야!"

"저, 저기, 왜 돕는 걸 전제로 이야기하는 거야. 그냥 거절하면 되잖아."

크리스는 머리를 감싸 쥐며 고민했다.

"그러고 싶지만……. 선배에게 뭔가를 부탁받으면, 어느새 돕게 되어버린단 말이야……. 너를 소생시킨 것에 대한 뒤치다꺼리도 어찌 된 건지 내가 하는 게 당연한 것처럼 되어버렸고……."

"하, 항상 신세 많이 지고 있습니다……. 뭐, 좀 진정 좀 해봐. 실은 다 이유가 있어서 그랬던 거야."

나는 흥분을 가라앉힌 크리스에게 회장과 나눴던 이야기 중 일부를 말해줬다. 물론 어드바이저나 보수 같은 것은 제외하고 말이다.

"뭐, 마왕군 때문에 불안에 떨고 있는 사람들은 축제가 벌어져도 크게 즐거워하지 못해. 하지만 축제라면 환장하는 아쿠시즈 교도와 함께하면 어떨까, 라고 생각한 거야. 이건 마왕군 때문에 고통스러워하는 사람들이 잠시라도 좋으니, 축제를 즐기며 불안을 잊었으면 좋겠다는 마음에서 우러나온 거라고."

"그 말을 들으니 더는 반대를 못하겠지만……. 너, 그렇게 마을 사람들을 챙기는 성격이었어?"

"어이쿠, 수많은 강적을 쓰러뜨린 걸로 모자라 신기 회수도 돕고 있는 이 선량한 카즈마 님에게 그런 소리를 하는 건 좀 너무한 것 같은데요."

"미미, 미안! 딱히 그런 생각으로 한 말은 아냐……! 좋아, 알았어. 그런 이유라면 납득할게. 선배도 그렇게 무모한 짓은 안 할 테고. ……안 하겠지?"

"……. 그보다 공동 개최라고 해도 일단 시험 삼아 한번 해보기로 한 거야. 아쿠아는 한 번 개최하면 만족할 테니까, 내년에는 다시 원래대로 돌아올 거야."

"저기, 왜 무모한 짓은 안 할 거라는 말에 동의해주지 않는 거야?! 지, 진짜로 괜찮을까……. 그리고 아쿠시즈 교단의 축제가 더 재미있다면서 내년부터 내 축제를 안 하는 건 아닐까……. 따, 딱히 내 축제를 열어줬으면 하는 건 아니거든?"

크리스는 내년 이후의 축제 개최를 걱정하면서 아쿠아처럼 성가신 소리를 해 댔다.

여신들은 하나같이 이런 건가.

"뭐, 일단 그 이야기는 이쯤에서 끝내자. 그것보다 신기의 행방은 찾았어?"

"응. 장소까지는 알아냈어. 하지만 좀 골치 아픈 곳에 보관되어 있는 것 같아. 언다인이라는 귀족이 가지고 있는 것 같은데, 이 사람은 이상한 걸 모으는 취미가 있어."

이상한 것을 모으는 귀족, 이라.

지금까지 만나 왔던 귀족들이 여러모로 문제가 있었기 때문인지, 나는 귀족이라면 하나같이 이상한 녀석들뿐이라는 인상을 가지고 있었다.

"상대가 귀족이라면 다크니스에게 도움을 청해보는 게 어때? 더스티네스 가문의 권력으로 압박해서 넘겨받는 건……."

"그건 무리야. 언다인은 이 신기를 비합법적인 수단으로 손에 넣은 것 같으니까 분명 시치미를 뗄 거야. 원하는 거라면 무슨 수를 써서라도 손에 넣는 걸로 유명한 귀족이거든. 다크니스가 교섭을 하려고 해도, 상대가 아무것도 모른다고 잡아떼면 그걸로 끝이야."

귀족에 대한 내 인상은 여전히 최악 그 자체였다.

비합법적인 수단이라는 게 협박인지 도둑질인지는 모르겠지만 말이다.

하지만 그런 녀석이 상대라면 우리도 비합법적인 수단을 사용하는 걸 주저할 필요는 없으리라.

"그럼 그 방법뿐이네요, 두목."

"응. 그 방법뿐이야, 조수 군."

또 그 가면을 써야 할 때가 온 것 같았다.

6

—나는 귀족의 저택을 살펴본 후, 어떻게 침입할지 고민하면서 저택으로 돌아왔다.

그러자 먼저 저택으로 돌아갔던 아쿠아가 떠들어 대고 있었다.

"저기, 다크니스~! 부탁이야! 카즈마가 돌아오면 나도 같이 꾸짖어줄게! 그러니까 이제 그만 화장실에서 나와~! 거기 틀어박히는 건 여러모로 폐가 된단 말이야! 2층 화장실은 누가 청소를 게을리한 바람에 막혔어! 저기 부탁이야! 빨리 나와~. 나오란 말이야~!"

아쿠아는 1층 화장실 앞에서 문을 두드려 대고 있었다.

아무래도 다크니스가 화장실에 틀어박혀 있는 것 같았다.

"다녀왔어. 어이, 무슨 일이야? 내가 돌아오면 꾸짖겠다는 건 또 뭐고?"

메구밍이 거실 소파에 축 늘어져 있는 걸 보면 아쿠아와 함께 폭렬마법을 쏘러 갔다 온 것이리라.

"앗, 이 망할 백수! 네가 다크니스의 부끄러운 비밀을 곳곳에 퍼뜨렸지?! 그래서 다크니스가 울먹거리면서 돌아왔잖아! 「라라티나 아가씨, 복근이 있다는 게 사실입니까?」, 「라라티나 아가씨, 신랑이 첫날밤도 치르지 않고 도망갔다면서요?」, 「라라티나 아가씨는 아름다우시니까, 이혼녀라도 금방 재혼할 수 있을 겁니다」 같은 소리를 모험가들이 마주칠 때마다 해 댔대! 저기, 다크니스! 빨리 나와! 다크니스라면 새로운 남편감을 금방 찾을 수 있을 거야! 더는 너를 돌싱니스라고 부르지 않을게! 부탁이야! 화 풀어!"

설득하려는 건지 화장실에 더 틀어박히게 만들려는 건지 알 수 없는 발언을 아쿠아가 해 대고 있는 가운데—.

"어이, 다크니스. 딴 애들한테 민폐 끼치지 말고 나와. 그리고 내가 더스티네스 저택에 침입해서 네 부끄러운 비밀을 폭로하겠다고 했을 때, 네가 좋을 대로 하라고 했잖아. 아무튼 내가 잘못했어, 라라티나."

쿵 하고 화장실 문을 주먹으로 후려치는 소리가 들렸다.

라라티나의 울음소리가 그쳤다. 아무래도 많이 화난 상태인 것 같았다.

아쿠아가 부르는데도 대답이 없었고 내가 무슨 소리를 하더라도 입도 뻥긋하지 않았다.

하지만 다크니스가 이대로 화장실에 틀어박혀 있으면 진짜로 성가실 것이다.

"어이, 나도 잘못했지만 너한테도 잘못은 있잖아. 가는 말이 고와야 오는 말이 곱단 말이야. 아무튼 사과할 테니까 이제 그만 화해하자. ……나는 서서 볼일을 볼 수 있으니 그다지 영향이 없지만, 네가 슬슬 나와 주지 않으면 아쿠아가 큰일 나. 그러니까 이제 화 풀어."

"여신은 화장실에 안 가니까 큰일 같은 건 안 나! 1층 화장실 청소는 내가 맡고 있잖아! 다크니스가 나오지 않으면 일과인 화장실 청소를 못 한단 말이야! 다른 이유는 없어! 그러니까 빨리 나와!"

아쿠아는 몸을 배배 꼬면서 고함을 질렀다.

아쿠아를 좀 더 괴롭혀주고 싶지만 2층 화장실 청소 당번은 나다.

아쿠아가 그 점을 추궁하기라도 하면 곤란하기에 나는 다크니스에게 최종 권고를 하기로 했다.

"어이, 다크니스. 나와 꽤 오래 알고 지냈으니 내 성격도 잘 알지? 이대로 화장실에 계속 틀어박혀 있다간, 너는 울며불며 나한테 그만하라고 울부짖게 될 거야."

그 말에 대한 대답이라는 듯이, 화장실 안에서 흥 하는 코웃음 소리가 들려왔다.

그리고 화장실에 틀어박혀 아무 말도 하지 않던 다크니스가 입을 열었다.

"네놈이야말로 나와 꽤 오래 알고 지냈으니, 내가 웬만한 일은 기쁨으로 승화시킬 수 있다는 걸 알 거다. 대체 뭘 할 거지? 네 특기인 독설 공격이냐? 나는 현재 화장실을 제압했다. 네가 무슨 소리를 하던 내가 귀를 막고 계속 견딘다면 결국 네가 불리해지겠지. 더스티네스 일족의 인내심은 타의 추종을 불허할 정도다. ……자, 인내심 대결이다! 오늘은 네놈이 「용서해주세요, 더스티네스 님!」 하고 외치며 사과할 때까지 화장실에 틀어박혀 있을 거다!"

…………

나는 그 말을 들은 후, 거실 중앙에 놓여 있는 테이블을 질질 끌어서 화장실 문 앞으로 옮겼다.

화장실은 거실 옆 복도에 있다.

복도의 넓이에 버금갈 만큼 커다란 테이블을 옮겨 놓자 화장실 문은 완전히 막혀 버리고 말았다.

나는 아쿠아에게 귓속말을 한 후, 그 자리를 벗어났다.

아쿠아는 나를 쳐다보면서 문 너머에 있는 다크니스를 향해 말했다.

"저기, 다크니스. 카즈마가 네 방의 옷장과 벽장, 침대 밑까지 샅샅이 뒤져서 자신의 욕망을 풀 거라며 어딘가로 가 버렸어."

화장실 안에서 덜컹 하는 큰 소리가 들렸다.

그리고 화장실 문을 열려고 한 것인지 문과 테이블이 부딪히는 소리가 들렸다.

나는 그런 소리를 전혀 개의치 않으며 2층으로 이어지는 계단을…….

등 뒤에서 문과 테이블이 부딪치는 소리와 함께 다크니스의 고함 소리가 들려왔다.

"카즈마! 하지 마라! 이 비겁한 자식, 하지 말란 말이다! 어이, 하지 마! 하지……! 농담이지? 아쿠아, 카즈마는 아직

네 옆에 있지? 메구밍, 카즈마는 여기 있는 거지?!"
다크니스는 불안을 느꼈는지 목소리에 울음기가 섞였다.
바닐의 껍데기 위에서 자고 있는 젤 킹을 거실 소파에 축 늘어진 상태로 쓰다듬어주고 있는 메구밍, 그리고 아쿠아의 목소리가 하모니를 이뤘다.
"""없어."""
"카즈마, 내가 잘못했다! 잘못했……! 자, 잠깐, 꺼내다오! 나갈 수가 없단 말이다! 아쿠아, 메구밍, 나를 꺼내다오! 카즈마, 잘못했다! 미안하다! 미안합니다! 카즈마 님, 용서해 주세요!"

—그리고 잠시 후…….
"……흐흑, 아끼던 속옷이……."
"……으음, 다크니스는 대체 어떤 짓을 당한 거죠?"
우리는 다 같이 저녁을 먹으면서 앞으로 어떻게 할지 이야기했다.
"자세한 내용을 알고 싶으면 다크니스에게 물어봐. 그것보다 아쿠아. 결국 그 후에 어떻게 됐어? 축제 허가는 받아줬지만, 뒷일은 너희끼리 알아서 할 수 있는 거야?"
"응. 허가를 받아 냈으니 이제 문제 될 건 없어. 나한테 다 생각이 있으니까 뒷일은 맡겨줘."
나는 상점가 회장에게서 허가를 받은 후, 뒷일은 아쿠아

일행에게 떠넘겼다.

일말의 불안이 느껴지기는 하지만 아쿠시즈 교도가 아닌 내가 더 관여할 필요는 없을 것이다.

에리스 교단과 아쿠시즈 교단이 경쟁을 하며 축제 분위기를 더욱 띄워줬으면 하는 것이 내 본심이다.

이 정도로 부추겨 두면 자기들끼리 알아서 잘할 것이다.

다퉈라……. 더욱 다투란 말이다……!

"어이, 카즈마. 축제 허가라는 게 무슨 소리지?"

"다퉈…… 아, 상점가 회장한테서 축제가 더욱 열기를 띠도록, 에리스 교단과 아쿠시즈 교단의 공동 개최 형식으로 하자는 허가를 받았어."

"진짜로 허가를 받아 낸 것이냐. 대체 어떻게……. 뭐, 너라면 악랄한 수법을 썼을 게 뻔하니 더는 묻지 않겠다. 그래도 하필이면 내가 영주 대행일 때 이런 일이 일어나다니……."

그렇게 말한 다크니스는 한숨을 내쉬면서 파스타를 입에 넣었다.

"으음……. 이 파스타는 맛있구나. 왠지 오늘 요리는 전부 맛있군. 우리 가문의 요리사에 버금가는 수준은 아니지만 가게를 차려도 될 레벨인걸. 오늘 요리 당번은 누구였지?"

"내가 만든 거야. ……아, 맞다. 너는 얼마 전까지 가출했었으니 모르겠네. 나, 요리 스킬을 익혔어. 거금도 손에 넣었으니 이제부터는 느긋하게 살까 하거든. 그러려면 모험에 도움이 될 것 같은 스킬보다, 생활을 윤택하게 해주는 스킬을 익히는 편이 낫잖아?"

다크니스는 내 말을 듣더니 머리를 감싸 쥐었다.

"너, 너……. 네가 도주 스킬을 익혔을 때부터 불길한 예감이 들었지만, 대체 뭘 하고 싶은 것이냐……. 요리 스킬은 요리사들이나 익히는 스킬이란 말이다."

그걸 내가 어떻게 아냐고…….

7

그 후, 아쿠아가 매일같이 아쿠시즈 교회에 가면서 축제를 준비하는 것 외에는 딱히 유별난 일도 없이 평화로운 나날이 계속되었다.

그리고 어느 날 밤.

밤이 깊어, 몇 시간 후면 해가 떠오를 즈음—.

나와 크리스는 표적인 언다인 저택 앞에 서 있었다.

"조수 군. 왜 이런 시간을 택한 거야? 좀 더 일찍 시작하는 편이 좋지 않았을까?"

"대부분의 인간은 이 시간대에 깊이 잠들어 있거든요. 막 잠들었을 때에는 작은 소리에도 깬다고요. 일본에서 가족과 살던 시절, 몰래 먹을 걸 챙기러 부엌에 가기 딱 좋은 시간대가 바로 이 즈음이었어요. 이건 생활에서 비롯된 지혜라고요."

현재 우리는 사토 카즈마와 크리스가 아니라, 은발도적단의 조수와 두목이다.

나는 일전의 그 가면을 또 썼고 복장을 검은색으로 맞췄으며 커다란 짐을 짊어지고 있었다.

마침 오늘 밤에는 하늘에 구름이 끼어 있었다.

별빛과 달빛도 없으며 주위는 어둠에 감싸여 있었다.

"이제 너한테는 아무 말도 안 할래. ……그것보다 그 커다란 짐은 뭐야? 보따리 안에 뭐가 들어 있는 건데?"

크리스는 내가 짊어진 짐이 신경 쓰이는 눈치였다.

내가 짊어진 것은 바로 충격 흡수용 방음재다.

일전에 내가 튼튼이 만들어 둔 뽁뽁이인 것이다.

시제품 제1호는 정신 나간 여자애가 걸레를 짜듯 쥐어짜 버렸지만 그 후에 제2호 및 제3호를 만들어 뒀다.

그것도 그럴 것이, 이번에 훔쳐야 하는 것은 갑옷이다.

그냥 들고 도망치려 했다간 철컹철컹 소음을 내서 저택 안에 있는 사람들을 깨우고 말 것이다.

크리스는 내 설명을 듣더니 감탄한 것처럼 눈을 치켜떴다.

"그렇구나……. ……저기, 조수 군. 그거 일본에 있는 뽁뽁이지? 톡톡 터트리면서 노는 거 말이야. ……저기, 조금만 터트려도……."

"안 돼요. 이거 만드는 게 얼마나 귀찮은데요. 그것보다 빨리 가죠."

—우리는 어둠 속에 몸을 숨긴 채 저택으로 향했다.

솔직히 말해 이번 일의 난이도는 그렇게 높지 않다.

왕성에 침입하는 것에 비하면 식은 죽 먹기였으며 언다인 가문 또한 귀족이라고 해도 다크니스네 가문 같은 대귀족은 아니었다.

저택 앞에서 밤새도록 경비를 서는 자도 없었고 순찰을 도는 이가 있는지도 의심스러웠다.

나는 천리안 스킬을 통한 암시 능력을 활용하며 저택 벽에 찰싹 달라붙었다.

"그러고 보니 전부터 신경 쓰였던 건데요. 아쿠아는 암시 능력을 지니고 있는데, 왜 같은 여신인 두목은 암시 능력이 없는 거예요?"

"이 몸은 지상에서 활동하기 위한 임시적인 육체야. 선배처럼 직접 강림한 게 아니라서 악마나 언데드의 정체를 꿰뚫어 보는 눈도 없고, 사악한 기운을 감지할 수도 없어. 그 대신 여신 오라도 뿜지 않기 때문에 언데드들이 나한테 몰려올 걱정이 없긴 해."

그렇구나. 그럼 이럴 때 불편하겠네.

"그럼 두목. 내가 앞장설 테니까 내 손을 잡으세요."

"조수 군, 안 그래도 돼. 전에 왕성에 침입했을 때도 잘 따라갔었잖아."

"무슨 소리예요. 그때는 달빛이 있었지만, 지금은 별도 보이지 않을 정도로 구름이 잔뜩 끼었다고요. 한순간의 방심이 큰 화를 부를 수도 있잖아요. 왕성에 침입할 때랑 비교해서 간단해 보인다고 방심하면 안 돼요. 자, 빨리 손을……."

"사토 카즈마 씨. 저에게 성희롱을 하면 강렬한 천벌을 받을 거예요. 갑자기 배가 아파서 화장실로 뛰어갔는데 누가 안에 있다거나, 대형 사고가 발생하는 건 겨우 막았는데 휴지가 없다거나……."

"기어올라서 죄송합니다. 용서해 주세요."

아쿠아의 미묘한 천벌과 달리, 에리스의 천벌은 장난이 아니었다.

희미하게 몸을 떨면서 벽을 따라 이동한 나는 저택의 뒷문에 도달했다.

"오늘은 당당하게 가죠. 경비원도 없는 것 같으니 함정 발견 스킬이랑 해제 스킬로 별 무리 없이 나아갈 수 있을 거예요. 그것보다 문제는 갑옷을 훔친 다음이겠네요. 준비해 온 방음재로 소리를 얼마나 죽일 수 있을지 모르겠어요."

"일단 조수 군이 만든 아이템을 믿어보자. 여차하면 왕성에서처럼 강행 돌파하는 거야!"

그때의 침입극을 떠올린 크리스는 밝은 목소리로 그렇게 말하면서 잠긴 문을 열기 시작했다.

지금 생각해보면 나도 그때는 꽤 즐거웠다.

왠지 엄청 기분이 고양됐었다.

"그건 그렇고 조수 군의 가면은 역시 멋지네. 이 마을의 마도구점에서 산 거랬지? 네 저택의 소파에도 그 가면을 쓴 이상한 인형이 있어서 신경 쓰였어. 이번 일이 끝나면 같이 그 가게에 가자."

"그건 괜찮지만…… 두목은 그 가게의 점원과 안 싸울 거죠? 마도구점의 아르바이트 점원과 아쿠아는 엄청 사이가 나쁘거든요. 마주쳤다 하면 싸울 정도로요."

"싸움 같은 거 안 해. 하아, 선배는 툭하면 아무하고나 싸운다니깐……."

그러고 보니 크리스일 때는 임시적인 육체라고 했다. 그렇다면 바닐이 지금의 크리스를 보더라도 그녀의 정체를 알아채지 못할 가능성이 있었다.

크리스는 이 몸일 때 여신의 힘을 쓰지 못한다고 했으니, 어쩌면 두 사람 다 서로를 알아보지 못할 가능성도 있다.

……아냐. 혹시 정체를 들켜서 사생결단하려고 하면 곤란하니까, 역시 만나지 못하게 하는 편이…….

"좋아, 열렸어. 그럼 조수 군, 들어가자."

8

예상대로 언다인의 저택 안에는 순찰을 도는 경비원이 없었다.

뭐, 이 마을은 다른 곳에 비해 범죄율이 낮아서 그런 걸지도 모른다.

나는 선두에 서서 불빛이 없는 어두운 복도를 나아갔다.

크리스가 사용한 보물 탐지 스킬을 따라 반응이 느껴지는 곳을 향해 나아가고 있지만—.

“두목, 보물 앞에서 매번 멈춰 서지 마요. 신기만 훔치고 후딱 돌아가서 잠이나 자자고요.”

“으, 응. 그렇긴 한데 눈앞에 보물이 있으니 도적의 피가 끓어오른다고 할까……. 이거 하나로 가난한 아이들을 몇 명이나 도와줄 수 있을지 생각하다보니 무심코 손이…….”

크리스는 그림이나 장식품 앞에서 몇 번이나 멈춰 섰다.

“의적질은 내가 없을 때 해요. 그리고 어차피 훔칠 거면 보물고에 가서 더 비싼 걸 훔치자고요.”

“그것도 그러네. 조수 군은 도적의 마음가짐을 이해하고 있나 보구나. ……너도 레벨이 꽤 올랐을 테니 이제 다른 직업으로 전직할 수 있지? 모험가에서 도적으로 클래스 체인지하는 건 어때?”

“나는 이제부터 쾌적하면서도 퇴폐적인 생활을 할 거니까, 약하지만 여러 가지 스킬을 배울 수 있는 모험가가 좋아요. 다음에는 크리에이트 어스 골렘이라는 스킬을 배워서,

나 대신 집안일을 해줄 골렘을 만들 거예요."

"……너는 마법과 스킬을 낭비하는 걸 정말 좋아하는구나. 여신으로서 한마디 하자면, 마왕과의 싸움에 대비해 제대로 된 스킬을 배워줬으면 하는데……."

이 세상에서 그 누구보다도 많이 죽어본 나한테 그런 무모한 소리는 하지 말라고.

—크리스의 보물 탐지 스킬에 의지해 나아가다 보니, 이윽고 중후한 문이 달린 방 앞에 도착했다.

바로 그때, 습득하기는 했지만 평소에는 도움이 되지 않는 스킬 중 하나인 함정 탐지가 반응을 보였다.

"역시 함정이 설치되어 있는 것 같네. 어디어디……. 아, 경보 타입의 함정이야. ……저기, 조수 군."

"나도 바보는 아니에요. 전에 왕성에 침입했을 때 같은 짓은 안 해요. ……지, 진짜니까 그런 눈으로 쳐다보지 마요……."

크리스가 함정을 해제하는 사이, 나는 적 탐지 스킬을 사용해 깨어 있는 사람이 없는지 주위를 살폈다.

"…………어?"

적은 아니었다.

적은 아니지만 보물고 안에서 묘한 기척이 느껴졌다.

게다가 인간의 기척도 아니며 몬스터의 기척도 아니었다.

"좋아, 해제했어! 문도 열었어, 조수 군!"

크리스는 그렇게 말하면서 문을 향해 손을 뻗더니―.

"어, 두, 두목. 잠깐만 있어 봐요. 안에……."

내가 정체불명의 기척이 느껴진다는 사실을 말하기도 전에 문을 열어젖혔다.

"……응? 조수 군, 왜 그래?"

"어?"

보물고 안에는 아무도 없었다.

착각이라는 생각이 들었지만 어찌 된 영문인지 그 기척은 여전히 느껴졌다.

하지만 문 너머에는 괴상한 아이템만 잔뜩 있었다.

"조수 군, 조수 군! 이것 좀 봐! 이거 꽤 값이 나가는 물건이야!"

"앗! 두목, 약았어요! 그건 내가 노리던 거라고요!"

나는 그런 기척을 깨끗이 잊고 보물찾기에 빠졌다.

"일단 말해 두겠는데, 훔친 보물은 전부 기부할 거야. 아무리 상대가 악당이더라도 사리사욕을 채우기 위해 도둑질을 하는 건……."

"휴우~. 이거 엄청 반짝거리네! 엄청 비싸 보여! 아, 이 괴상한 돌은 뭐야? 그러고 보니 아쿠아가 이상한 형태의 돌을 모았지. 가지고 가서 선물로 줘야겠네."

"……저기, 조수 군. 내 말 듣고 있어? 진짜로 꿀꺽하면 안 되거든? 안 된단 말이야."

바로 그때, 나는 눈치챘다.

이 방에는 돈이 될 만한 것은 있지만 갑옷이 없다는 사실을 말이다.

"두목, 그러고 보니 신기가 안 보이는데요."

"뭐?! 어, 진짜네. 신기급 보물의 기운은 느껴지는데, 왜 안 보이는 거지?"

나는 아까 그 기척이 신경 쓰인 나머지, 그게 느껴지는 쪽을 향해 고개를 돌렸다.

그 방향에는 벽이 있었다. 그 외에는 딱히 부자연스러운 게—.

"우왓?!"

벽을 만져보니 일부가 쏙 들어가면서 닌자 저택의 회전 벽처럼 그대로 움직였다.

"비밀 문이구나. 조수 군, 잘했어."

"이래 봬도 두목 다음으로 운에는 자신이 있거든요."

우리는 그런 농담을 하면서 벽 너머에 있는 방에 들어갔다.

—방 안쪽에는 마치 봉인되어 있는 것처럼 사슬에 묶인 갑옷이 있었다.

백은색을 띤 그 갑옷은 예술품 같았다.

이음매가 전혀 보이지 않고 매끄러운 표면을 지닌 전신 갑옷이었다.

갑옷의 가치 따윈 모르는 나도, 저것을 보니 가슴이 뛰면서 저걸 장비하면 그 누구에게도 지지 않을 거라는 생각이 들었다.

"이게……."

"응. 이게 바로 성개(聖鎧) 아이기스야. ……이 세상 그 무엇보다 튼튼하며, 착용자에게 승리를 안겨주는 신기지."

우린 사슬에 묶인 갑옷에 다가가서 그것을 다시 쳐다보았다.

"잘 보니 곳곳에 흠집이 있네."

내가 그렇게 말하 크리스는 감개무량한 표정을 지으며 그 갑옷에 손을 댔다.

"……응. 마왕군에게서 주인을 계속 지켜 온 갑옷이잖아. 이 갑옷의 주인은 격렬한 전투를 치르면서 최후의 순간까지 그 누구에게도 지지 않았어."

갑옷에 생긴 작은 흠집을 전부 확인하려는 것처럼 말이다.

"주인이 병으로 죽을 때까지, 너는 최선을 다했구나……."

크리스가 갑옷을 향해 작은 목소리로 그렇게 말하더니 손으로 살며시 쓰다듬었다.

아아, 이러고 있으니 진짜로 여신님 같네—.

내가 크리스의 얼굴을 쳐다보면서 그렇게 생각한 바로 그때였다.

《어이, 사내자식. 함부로 나를 만지지 마라.》

느닷없이 들려온 남자 목소리가 가라앉은 분위기를 산산조각 냈다.

그 말은 갑옷을 만지고 있던 크리스에게도 들린 것 같았다.

"뭐? 사, 사내자식? 나한테 한 말이야?! 자, 잠깐만 있어봐! 방금 그 말, 네가 한 거야?! 성개 아이기스?!"

《뭐야. 사내자식이 아니잖아. 그럼 좀 더 만져라. 그럼 자기소개를 할까. 만나서 반갑다. 내 이름은 성개 아이기스. 말도 하고 노래도 부르는 하이브리드 신기지. 애칭은 아이기스 씨다. 앞으로 잘 부탁해.》

어이, 이 나불대는 신기는 뭐야?

내가 적 탐지 스킬로 느꼈던 묘한 기척은 이 녀석이었구나.

"으, 으음……. 말을 하는 신기가 있는 줄 몰라서 좀 놀랐어. 그런데 아이기스."

《아이기스 씨라고 했잖아. 이 사내놈아.》

"사내놈 아니야! 그것보다, 신기 주제에 왜 이렇게 거만한 거야?!"

"두목, 지금은 무기물과 싸울 때가 아니에요! 한밤중에 몰래 이 집에 들어온 걸 잊은 거예요?! 그것보다 빨리 목적이나 달성하자고요!"

나는 입이 험한 신기의 가슴팍을 때리는 크리스를 말린 후, 당초의 목적을 달성하기 위해 짊어지고 있던 짐을 내려놓았다.

크리스도 내 말을 듣고 정신을 차렸는지 갑옷의 가슴 부분에 손을 대며 말했다.

"……맞아. 저기, 아이기스…… 씨. 우리가 이곳에 침입한 건 당신의 힘을 한 번 더 빌리고 싶기 때문이야. 우리가 당신의 새로운 소유자를 찾아줄게. 그 사람은 당신의 예전 주인과 마찬가지로 이세계에서 온 사람이야. 이 세상을 구하기 위해 일본이라는 곳에서 올 예정인 사람이지!"

크리스는 그렇게 말하더니 아이기스를 격려하듯 미소를 지었―.

《뭐? 너 지금 무슨 소리야? 내가 왜 이제 와서 그딴 짓을 해야 되냐고. 나는 싫어. 내 힘을 빌려달라는 건 갑옷으로서 소유자를 지키라는 거지? 바보 아냐~? 갑옷도 두들겨 맞으면 아픈 데다, 이 멋진 반짝반짝 보디에 상처가 날 거 아냐! 대체 그 소유자는 어떤 녀석인데? 내 눈에 차는 녀석이야?》

―지만, 아이기스가 그딴 소리를 하자 미소를 지은 채 딱딱하게 굳어버렸다.

"……저기, 딱 잘라 말할 수는 없지만, 정의감과 용기가 넘치고, 매우 자상한……."

《어이, 성격 같은 건 아무래도 상관없다고! 중요한 건 외모야, 외모! 글래머야? 슬렌더 타입이야? 미리 말해 두겠는데

꼬맹이는 딱 질색이야. 참, 미인보다는 귀여운 애가 좋을 것 같아. 예전 주인은 검사였으니까 이번에도 검사면 좋겠는걸. 가능한 한 얇은 옷차림으로 갑옷을 걸치는 애 말이야.》

…….

"어이, 이 상스러운 갑옷이 진짜로 필요한 거야? 이딴 건 그냥 확 바다에 던져버리자고."

"조수 군. 마음은 이해하지만 이래 봬도 이 갑옷은 신기야. 마음은 정~말정말 이해가 되지만 일단 좀 참아."

아무래도 이 골 때리는 갑옷을 진짜로 가지고 돌아가야만 할 것 같았다.

나는 아무 말 없이 짐에서 포장용 뽁뽁이를 꺼내어—.

《응? 어이, 저 흑발 사내놈은 대체 뭘 하고 있는 거야? ……그것보다 물어볼 게 하나 있는데, 너희는 대체 누구야? 그러고 보니 아까 「한밤중에 몰래 이 집에 들어왔다」는 소리를 했지?》

아이기스는 나를 쳐다보면서 그렇게 말했다.

"맞아. 우리는 침입자야. 이제부터 너를 가지고 돌아가서 어엿한 주인에게 넘겨줄 거고. 너는 신기이자 성스러운 갑옷이라면서? 그럼 열심히 자기 본분을 다해."

크리스는 작업을 하고 있는 나를 쳐다보며 아이기스를 묶은 사슬을 향해 손을 뻗었다.

"일본에서 오는 사람 중에 여자는 그렇게 많지 않으니까

네 희망을 들어주기는 힘들 거야. 하지만 만약 여자가 온다면 그때는 너를 우선적으로……."

크리스가 거기까지 말했을 즈음이었다.

아이기스는 저택 전체에 울려 퍼질 만큼 큰 목소리로—.

《유괴범이다~!!》

너는 인간이 아니라 갑옷이니까 절도범이라고 해야 하는 거 아니냐, 같은 태클이 떠오르는 소리를 외쳤다.

제3장 이 민완 어드바이저에게 맡겨주시기를!

1

호된 꼴을 당했다.

어젯밤에는 아이기스가 고함을 지른 바람에 저택 사람들이 깨어났고 결국 나와 크리스는 목적을 달성하지 못한 채 허둥지둥 도망쳤다.

아무도 우리 모습을 보지 못했을 거라고 생각하지만, 나는 현재 지명 수배를 당한 몸이기에 안절부절못했다.

해가 뜨기 전에 집으로 돌아온 나는 미친 듯이 도망치느라 격앙된 마음을 진정시킨 후, 겨우 잠에…….

"좋은 아침! 카즈마, 아침이니까 일어나!"

……빠져들려다 방해를 받았다.

침대에 들어가려다 방해를 당한 나는 문을 열어젖히면서 고함을 질렀다.

"인마, 이런 시간에 대체 무슨 일이야?! 나는 어제부터 한숨도 못 잤다고! 이제부터 잘 거니까 조용히 좀 해!"

평소 나처럼 늦잠을 자던 이 녀석이 이렇게 일찍 일어난 이유는 얼추 예상이 되었다.

"뭐야~. 카즈마 안 잤어? 하지만 나는 카즈마가 잠을 안 잔 이유를 알지."

아쿠아가 느닷없이 그렇게 말하자 나는 간담이 서늘해졌다.

아무에게도 들키지 않게 조심하면서 저택에 돌아왔는데, 설마 아쿠아에게 들킨 건가?

그것보다, 내가 도둑질을 하러 갔었다는 것도 알고 있는 걸까?

이 녀석, 어쩌면 단순한 바보는 아닐지도 모른다.

"카즈마도 오늘부터 시작되는 축제 준비가 너무 기대돼서 못 잔 거지? 괜찮아. 딱히 부끄러워할 일은 아니잖아. 축제란 원래 그런 거니까!"

이 녀석을 경계한 나야말로 단순한 바보였다.

의욕이 하늘을 찌를 듯한 아쿠아는 커튼을 젖히더니 잠옷 차림인 나에게 옷을 건넸다.

"축제 준비는 오후부터 해도 되잖아? 이런 꼭두새벽부터 대체 뭘 하려는 건데……."

"카즈마, 무슨 소리를 하는 거야! 모험가인 우리가 할 일이 뭐겠어? 바로 몬스터 토벌이지!"

……어?

"축제 준비 아니었어?"

"축제 준비 맞는데?"

이 녀석은 대체 무슨 소리를 하는 걸까.

"다크니스와 메구밍도 이미 준비를 마쳤어. 그러니까 카즈마도 빨리 준비해! 안 그러면 우리만 뒤처지고 말 거야!"

뒤처져?

진짜 무슨 소리를 하는 거야?

아쿠아가 시키는 대로 옷을 갈아입고 장비를 챙긴 후—.

모험가 길드에 도착한 나는 그곳의 문을 열자마자 딱딱하게 굳어버렸다.

"……뭐가 어떻게 된 거야. 오늘은 아침부터 왜 이렇게 사람이 많은 건데?"

길드는 일거리를 찾기 위해 게시판 앞에 몰려 있는 수많은 모험가들로 북적이고 있었다.

뭐가 어떻게 된 건지 감이 오지 않았다.

그들은 얼마 전에 나와 함께 거물 현상범인 카오룽즈 히드라를 사냥했다.

그러니 그들은 현재 주머니 사정에 여유가 있을 것이다.

그런데 왜…….

"산에 둥지를 튼 레서 와이번을 사냥하러 갈 사람은 이쪽으로 와주세요! 현재 바인드를 쓸 수 있는 도적, 그리고 하늘을 나는 적을 저격 가능한 아처를 모집하고 있어요! 강적이지만 그만큼 보수도 많죠! 참가자는 여섯 분만 더 받겠습니다!” “숲에서 곤충형 몬스터가 대량 발생했어요~! 대량이기 때문에 이쪽도 인원이 많이 필요해요! 수십 명이 참가하는 대규모 토벌이에요! 직업도 레벨도 안 따져요!”

“평원에 대량 발생한 초식형 몬스터의 처리도 부탁드려요. 놔두면 그 몬스터들을 먹이로 삼는 대형 몬스터가 모여들 테니 그 전에 처리해야 해요. 현재 길드에서는 각종 지원 물자를 무상으로 제공하는 캠페인을 실시하고 있어요! 토벌 보수도 평소보다 많아요! 이 기회에 열심히 일해주세요~!”

곳곳에서 그런 목소리가 들려왔고 사람들 또한 사방으로 뛰어다니고 있었다.

“어이, 왜 이런 일이 벌어진 거야?”

나는 의문을 느끼며 옆에 있던 아쿠아에게 물었다.

“그야 이 근처의 몬스터를 제거하지 않으면 안전하게 축제를 열 수 없으니까, 다들 필사적인 거야. 강한 몬스터들이 활발하게 활동하는 겨울과 달리, 여름에는 약한 몬스터가 주로 활동하거든. 이 시기에는 몬스터 토벌 보수 금액도 커지기 때문에, 모험가들에게 있어서는 절호의 돈벌이 시즌이야.”

그렇구나.

하지만 저번에 히드라를 해치우고 돈 좀 만진 녀석들은 좀 더 느긋하게 지낼 것 같은데 말이야.

……바로 그때, 친분이 있는 모험가 그룹을 발견한 나는 그들에게 다가갔다.

“여어, 너희도 왔구나. 돈이 없는 더스트는 그렇다 쳐도, 너희까지 왜 이렇게 열성적인 거야? 너희는 주머니 사정이 좋잖아.”

그들은 바로 더스트 일행이었다.

활에 이상이 없는지 세심하게 살펴보던 키스는 그런 나를 보면서 고개를 갸웃거렸다.

“카즈마라면 누구보다 먼저 이 대규모 토벌에 참가할 줄 알았는데?”

……내가 왜?

“그래. 그 가게 단골인 카즈마답지 않네. 이 시기가 되면 남자 모험가들은 만사 다 제쳐 두고 대규모 토벌에 참가한다고.”

평소보다 진지한 표정으로 검을 갈던 더스트까지 그런 소리를 했다.

“그게 무슨 소리야? 너희도 그렇게 축제를 고대하고 있어?”

“축제? 아, 여자 모험가들은 축제 개최를 위해 몬스터를 해치우지. 여자 모험가 중에는 경건한 에리스 교도가 많거든. 하지만 우리는 그런 이유로 이러는 게 아냐. 여기 있는 남자들은 다들 숲에서의 몬스터 토벌에 참가할 거야.”

숲?

숲보다는 마을 주변의 몬스터를 사냥하는 편이 좋을 것 같은데…….

그리고 다른 모험가들이 이렇게 노력하고 있으니, 우리는 아무것도 안 해도 되지 않을까?

내가 그렇게 생각하며 돌아가려고 한 바로 그때였다.

혼잡한 길드 안에서 모험가들에게 각종 지원 물자를 공급하던 남성 직원이 입을 열었다.

"여러분, 숲에서 대량 발생한 몬스터의 토벌은 특히 중요한 임무입니다. 최선을 다해 주십시오! 올해 축제 개최 기간 동안 쾌적하게 지낼 수 있을지 없을지는 여러분에게 달려 있어요! 부디 지나치게 늘어난 몬스터 제거에 협력해주십시오……!"

그는 큰 목소리로 그렇게 말하면서 모험가들을 격려했다.

"……저기, 여름에 쾌적하게 지내는 것과 숲의 몬스터를 퇴치하는 게 무슨 상관이야?"

아쿠아가 내 의문에 답해줬다.

"응? 그야 몬스터가 너무 늘어나면 마을 사람들이 숲에서 일을 못하기 때문이지."

"아니, 그건 알겠는데, 그건 숲이 아니라 어디라도 마찬가지 아냐?"

내가 그렇게 말하자, 메구밍이—.

"매미 때문이에요."

—라고 무시무시한 목소리로 말했다.

매미.

맴맴 하고 우는 그 여름의 상징이 이 세계에도 있는 건가.

"그래. 몬스터가 숲에 너무 많으면 매미 처리 업자가 일을 못하지. 매미 처리 업자가 일을 못하게 되면 매미가 마을까지 날아오게 된다. 그리고 매미가 마을에 오는 시기는 항상 축제 개최 시기와 겹쳤어."

다크니스는 진지하기 그지없는 표정으로 그렇게 말했다.

"매미가 뭐 어쨌다는 거야? 그건 여름의 상징 같은 거잖아? 그 녀석들은 오랫동안 땅속에서 산 후, 여름 동안 그 짧은 생명을 쥐어 짜내 필사적으로 울음소리를 낸다고. 좀 시끄럽다고 그렇게 가여운 짓 좀 하지 마. 그런 건 인간의 아집이야. 그리고 나는 그런 사고방식을 싫어해. ……그러니까 나는 그런 매미들을 내버려 두기 위해 집에 가서 잠이나 잘 거야."

내가 그렇게 말하고 돌아가려 하자 다크니스와 메구밍이 내 목덜미를 움켜잡았다.

"그러고 보니 카즈마가 이 나라의 상식에 어두운 멍청이라는 걸 깜빡했네. 잘 들어, 카즈마. 이 나라의 매미들은 에너지가 넘쳐. 일본의 매미는 일주일 정도 살지? 하지만 마력과 생명력이 넘치는 이 근처 매미들은 한 달이나 산단 말이야."

아쿠아는 팔짱을 끼면서 설명을 시작했다.

매미가 오래 산다고 딱히 문제 될 건 없을 것 같은데…….

"아, 이 세계의 매미 자체에 문제가 있는 거지? 날아다니면서 뿌리는 오줌이 엄청 냄새가 지독하다든지 말이야. 매미도 오줌 정도는 눌 테니까. 그리고 오래 산다고 해 봤자 겨우 한 달이잖아? 그냥 놔둬."

내가 그렇게 말하자 메구밍과 다크니스가 서로를 쳐다보았다.

그리고 아쿠아는 「이 녀석, 대체 무슨 뚱딴지같은 소리를 하는 거지?」라고 말하는 듯한 표정을 지으면서 말했다.

"저기, 카즈마. 이 세계의 매미와 일본의 매미 사이에는 큰 차이점이 두 개 있어. 하나는 매미의 울음소리가 엄청 크다는 거야. 일본에 있는 매미의 몇 배는 된다고 생각하면 돼."

그 시끄러운 소리보다 몇 배는 더 크다는 거냐.

아니, 그 정도면 확실히 민폐기는 하지만…….

"그리고……. 이 매미들은 밤에도 계속 울어 대."

완전 민폐네!

2

마을 근처의 숲 속.

"그럼 방어력에 자신 있는 전위 직업분들은 몬스터를 유인하는 포션을 몸에 발라 주세요~. 여러분, 상대는 약해 빠진 곤충형 몬스터지만 그래도 숫자가 많으니 방심하지 마세요!"

수많은 모험가들을 이끌고 이곳에 온 길드 직원이 숲 중심부에서 그렇게 말했다.

이번 같은 퀘스트를 대규모 사냥이라고 부르는 것 같았다.

숫자가 너무 많아 단일 파티로 토벌이 힘든 몬스터 무리를 길드 직원의 지휘에 따라 많은 모험가 파티들이 힘을 합쳐 퇴치한다.

길드 직원은 원래 이런 일에 나서지 않지만 이렇게 통솔자가 필요한 경우에는 나선다고 한다.

게다가 모험가 중에는 협조를 모르는 자유분방한 녀석들이 많기 때문에 직원이 지휘를 하지 않으면 다툼이 발생한다.

예를 들자면—.

"영주 대행인 내가 모든 몬스터들을 맡겠다! 이것은 백성을 지켜야 하는 내 임무다! 그러니까 포션을 전부 내놔라!"

"안 돼요. 이건 단순히 몬스터를 유인하기만 하는 포션이 아니에요. 너무 많은 양을 몸에 뿌리면 몬스터 이외의 생물에게도 공격받을 거예요."

"바, 바라는 바다!"

이런 녀석 때문에 말이다.

"어이, 변태. 길드 직원에게 폐를 끼치진 마. 너는 우리 파티의 멤버들만 지키면 돼."

"아아! 여름 몬스터는 정말 격렬하단 말이다! 카즈마, 제발 부탁이다! 놓아다오……!"

나는 몬스터를 유인하는 포션을 전부 내놓으라며 어리광

부리던 다크니스를 잡아끌고 갔다.

이 지점의 몬스터 제거에 참가한 사람은 우리를 포함해 서른 명 정도였다.

다들 네다섯 명으로 구성된 파티 같았다.

그런 모험가들 중에서도 몸이 튼튼해 보이는 이들이 자신의 몸에 포션을 발랐다.

다크니스 또한 지급 받은 포션을 몸에—.

"……너, 너는 정말……. 길드 직원의 이야기를 제대로 듣긴 한 거야?"

다크니스는 직원에게서 넉넉하게 받아 온 포션을 자신의 몸에 잔뜩 끼얹었다.

나는 어이없어하면서 그렇게 말했지만 다크니스는…….

"후훗, 평소 너한테 일 좀 하라고 떠들어 놓고, 이럴 때 물러설 수는 없지. 크루세이더는 방패 역할에 가장 적임인 직업이다. 그러니 나만 믿어라. 그런데 너도 오늘은 의욕이 넘치는 것 같구나. 방어는 나한테 맡기고, 너는 마음껏 날뛰어라!"

오래간만에 하는 퀘스트라 그런지 흥분한 듯한 다크니스는 그런 멋진 선언을 한 후 자신만만한 미소를 지었다.

"좋아. 마을 사람들의 편안한 수면을 위해 몬스터들과 매미를 싹 쓸어버리겠어. 오늘의 나는 평소와 다르다고. 아무튼 잘 봐!"

다크니스가 말한 것처럼 나는 평소보다 의욕이 넘쳤다.

이 세계에 존재하는 매미의 습성을 들은 나는 다른 남성 모험가들이 저렇게 의욕을 보이는 이유를 눈치챘다.

매미 때문이다.

그렇다. 밤새도록 울어 대는 매미 때문에 잠을 못 잔다면 멋진 꿈을 꿀 수 있는 그 가게도 의미가 없어지는 것이다.

게다가 그런 생활을 한 달 동안이나 해야 한다.

의욕에 찬 나와 다크니스에게 자극을 받은 건지—.

"두 사람 다 의욕이 넘치네요. 그럼 전 그 누구보다도 많은 몬스터를 해치우겠어요. 카즈마, 잘 보세요!"

메구밍은 우리에게 대항하듯 자신만만한 미소를 지었다.

이렇게 되면 다음에는—.

"……응? 왜 나를 쳐다보는 거야?"

"어? ……아, 보통 이럴 때마다 우쭐한 네가 사고를 쳤던 것 같아서 말이야."

나는 어찌 된 영문인지 얌전한 아쿠아에게 물었다.

"너는 대체 나를 뭐로 보는 거야? 나도 학습 능력이라는 게 있단 말이야. 잘 봐. 우쭐한 너희는 토벌 후반부에 사고 칠걸? ……나는 똑똑해서 학습했어. 우쭐대기만 해서는 제대로 되는 일이 없다는 걸 말이야."

"뭐?!"

나는 무심코 자신의 귀를 의심했다.

아쿠아가…….

뭔가 했다 하면 쓸데없는 일을 일으키고, 아무 짓도 안 하더라도 언데드들에게 쫓겨 다니던 아쿠아가……!

아쿠아가 성장했다는 사실을 안 나는 눈시울이 뜨거워졌다.

"어?! 왜, 왜 그래?! 대체 왜 그러는 건데?! 저기, 카즈마. 왜 우는 거야?"

불안한 목소리로 나에게 말을 거는 아쿠아에게서 눈을 뗀 나는 동료의 성장에 감동하며 눈물을 참았다.

그런 나와 아쿠아의 대화가 들리지 않았는지 다크니스와 메구밍이 영문을 모르겠다는 눈길로 우리를 쳐다보는 가운데—.

"모험가 여러분~! 몬스터들이 몰려들기 시작했어요! 살충제도 대량으로 준비해 뒀어요. 그럼 잘 부탁드립니다!"

길드 직원의 목소리가 울려 퍼졌다.

곤충형 몬스터들이 우리를 향해 몰려왔다.

그 몬스터들은 귀에 거슬리는 날갯소리를 내면서 적을 유인하는 포션을 몸에 뿌린 모험가들에게 돌격했다.

"우와~! 잠깐……! 숫자가 너무 많아! 엄호 부탁해~!"

어느 전위 모험가가 그렇게 외쳤다.

그쪽을 쳐다보니 강아지만 한 투구벌레가 그 모험가를 향해 몰려들고 있었다.

크기가 강아지 정도라도 저렇게 숫자가 많으니 상당히 위협적이었다.

날아다니는 투구벌레의 뿔은 달리는 자동차의 앞 유리를 꿰뚫기도 한다는 이야기를 들은 적 있었다.

어차피 이 세계의 투구벌레도 다른 것들과 마찬가지로 당치도 않은 놈들일 게 틀림없다.

그런 생각을 하며 지켜보고 있을 때였다. 날아오던 투구벌레들이 속도를 죽이지 않은 채—.

그 조그마한 몸을 회전시키듯 뿔을 비틀면서 그대로 돌진했다……!

"우윽?!"

한 모험가는 그 돌격을 배로 받아 내더니 고통에 찬 신음을 흘렸다.

그와 동시에 금속이 부딪히는 듯한 날카로운 소리가 주위에 울려 퍼졌다.

금속 갑옷을 입은 그 모험가의 배에는…….

"아야야야야야얏! 젠장, 배를 살짝 찔렸어! 조심해! 이 자식들, 싸구려 금속 갑옷에 구멍을 낼 수 있어!"

고통을 참으며 울먹이는 목소리로 그렇게 말한 모험가의 갑옷에는 투구벌레가 깊숙하게 박혀 있었다.

무지막지하게 공격적인 투구벌레다!

다른 모험가가 그 모험가의 갑옷에 박힌 투구벌레를 허둥지둥 빼냈다.

그와 동시에, 배에 대미지를 입은 모험가의 몸이 옅은 빛에 감싸였다.

"우왓……?! ……오오, 회복 마법이구나!"

아쿠아가 힐을 걸어주자 모험가는 고통이 사라진 것에 놀라 그렇게 외쳤다.

그 뒤를 이어 방패 역할을 하고 있던 모험가들의 몸에서 옅은 빛이 뿜어져 나왔다.

아쿠아가 모험가들에게 지원 마법을 걸어준 것 같았다.

아쿠아 녀석, 뭘 잘못 먹었나? 오늘은 멋지게 활약하고 있잖아……!

내가 감동과 놀라움에 휩싸여 있을 때—.

"스무 마리 정도는 버틸 수 있다! 스무 마리 정도는 버틸 수 있어!! 자, 얼마든지 덤벼봐라!"

차례차례 달려드는 몬스터들을 상대로 방패 역할을 수행 중인 모험가들의 한가운데에 있는 우리 크루세이더는, 가장 많이 공격을 막아 내며 희희낙락하고 있었다.

다크니스는 아까 자기 입으로 말한 선언에 걸맞게 믿음직할 뿐만 아니라, 멋졌다.

동료들이 뜻밖에도 활약하고 있었다.

나도 이대로 있을 수는 없다.

길드 측은 대나무로 된 물 대포 형태의 살충제를 지급해줬다.

나는 그것을 다가오는 곤충형 몬스터들을 향해 뿌렸다.
다른 모험가들도 방패 역할을 맡은 동료들을 엄호하듯 살충제를 뿌려 대기 시작했다.
우리에게 달려드는 것은 투구벌레만이 아니었다.
하늘가재처럼 생긴 녀석과 사마귀처럼 생긴 녀석…….
그 외에도 다양한 곤충형 몬스터들이 달려들고 있었으며 하나같이 몸집이 컸다.
곤충형이라고 해도 역시 몬스터는 몬스터였다.
곳곳에서 부상자가 발생하고 있는 가운데, 아쿠아는 열심히 그들을 치료했다.
그것도 거들먹대지 않으면서 묵묵히 말이다.
내가 아쿠아를 엄호하기 위해 살충제를 뿌리고 있을 때 누군가가 내 옷깃을 잡아당겼다.
"카즈마, 제 차례가 되려면 멀었나요? 아직 멀었냐고요!"
다른 이들의 활약상을 본 메구밍이 폭렬마법을 날리고 싶어 좀이 쑤시는 것 같았다.
메구밍도 멋지게 활약하고 싶은 것이리라.
하지만—.
"미안하지만 이번에는 네 차례가 없어. 여기는 숲 속이거든. 마법을 날렸다가 근처의 나무에 닿기라도 하면 엄청난 참사가 벌어질 거야. 그러니 오늘은 얌전히—."
"『익스플로전』!!!!"

메구밍은 내가 말을 끝까지 잇지 못하게 하려는 것처럼 느닷없이 마법을 펼쳤다.

우리가 있는 숲의 상공에 엄청난 굉음과 눈부신 섬광이 생겨났다.

그리고 폭풍이 주위를 휩쓴 후, 지면에 쓰러진 모험가들과 다크니스의 모습이 눈에 들어왔다.

조그마한 곤충형 몬스터들은 방금 발생한 충격의 여파를 견뎌 내지 못한 것인지, 지면에 쓰러진 채 꼼짝도 하지 못했다.

곳곳에서 신음이 들려오는 가운데, 어찌어찌 여파를 피한 듯한 아쿠아가 지면에 쓰러져 있는 이들에게 회복 마법을 걸어주고 있었다.

나와 함께 지면에 쓰러져 있던 메구밍이 불현듯 이렇게 말했다.

"메구밍은, 레벨이 올랐다."

"야, 이 바보야!"

벌떡 일어난 나는 황홀한 표정을 지은 채 바닥에 벌러덩 뻗어 있는 메구밍을 일으켰다.

"너란 녀석은 왜 하지 말라는 짓을 꼭 하는 거냐고! 이 참상을 봐! 다른 사람들한테 사과해!"

"카즈마가 아까 제 차례는 없다고 해서 이런 거예요. 그리고 이 마을 모험가들은 이미 폭렬마법에 익숙하니까 괜찮다고요."

메구밍이 당당한 목소리로 말한 것처럼, 곳곳에 쓰러져 있던 모험가들은 불평 한마디 하지 않으며 아무 일도 없었다는 듯 몸을 일으켰다.

이 녀석들도 정상은 아니네…….

내가 그들에게 다가가보니, 무거운 갑옷을 입은 다크니스가 몸을 일으키기 위해 악전고투하고 있는 것 같았다.

몸을 일으키기 위해 버둥거리던 다크니스는—.

"……왠지 몸 곳곳이 따끔거리는구나."

—라고 말하더니, 영문을 모르겠다는 표정을 지으며 고개를 갸웃 거렸다.

다크니스의 갑옷을 본 나는 깜짝 놀라면서 뒷걸음질 쳤다.

"너……! 갑옷! 갑옷에 개미가 잔뜩 붙어 있어!"

지면을 굴러다니고 있던 다크니스의 온몸에 개미가 잔뜩 붙어 있었다.

직원의 말을 무시하며 적을 유인하는 포션을 몸에 잔뜩 뿌린 탓이리라.

다크니스는 개미를 보고 뒷걸음질 치고 있는 나와 아쿠아의 시선을 받으면서 외쳤다.

"아앗……! 카, 카즈마, 부탁한다! 가, 간지러워 미치겠다! 개미가 갑옷 안에도 침입한 것 같구나! 나한테 살충제를 뿌리거나, 크리에이트 워터로 물을……!"

직접 갑옷 안을 긁을 수 없고, 갑옷 또한 쉽게 벗을 수 없기에 다크니스는 버둥거리며 비명만 질러 댔다.

귀찮은 데다 자업자득이니 그냥 내버려 두기로 했다.

바닥을 나뒹굴던 길드 직원도 거친 모험가들의 이런 행동에 이미 익숙해졌는지 불평하지 않고 몸을 일으켰다.

"여러분, 수고 많으셨어요. 그럼 곧 제2파가 몰려올 테니……."

……제2파?

직원이 담담한 목소리로 그렇게 말한 순간, 벌레의 날갯짓 소리가 들려왔다.

숲을 뒤흔드는 듯한 폭렬마법의 충격과 진동 때문에 숲의 벌레들이 화가 난 것이리라.

"……이거 큰일 났네."

"우와아아아아아아아아아! 카즈마 씨~! 나 지금 엄청 불길한 예감이 들어!"

웬일로 오늘은 얌전했던 아쿠아가 불안한 표정을 지으며 그렇게 외쳤다.

그 예감이 적중한 것처럼 자신의 영역을 어지럽힌 우리 때문에 화가 난 수백 마리가 넘는 벌레들이……!

"대피! 대피~!"

내가 그렇게 외치자 주위에 있던 모험가들과 길드 직원이 부리나케 도망쳤다.

"—흐흑……. 훌쩍……. 나, 이번에는 열심히 했는데……. 우쭐대지도 않고 얌전히 할 일만 했는데……."

길드 직원, 그리고 다른 모험가들과 함께 마을로 돌아가는 길…….

나는 벌레들이 몰려든 바람에 머리카락이 흐트러진 채 서럽게 울고 있는 아쿠아를 데리고 돌아가면서 땅이 꺼져라 한숨을 내쉬었다.

내 등에 업힌 메구밍은 몬스터 무리에 폭렬마법을 날린 덕분에 꽤나 기분이 좋아 보였다.

다른 모험가들 또한 마지막에는 위험에 처했지만 비교적 안전하게 대량의 몬스터를 토벌할 수 있었다.

거액의 토벌 보수를 공평하게 나눠 가지게 되어서 그들도 기분이 좋아 보였다.

그리고…….

"으응……. 큭……. 하아…… 하아…… 카즈마……. 카, 카즈마……. 새로운 감각이다……. 이건, 그야말로 새로운 감각이야……."

아직도 갑옷 안에 개미가 남아 있는 다크니스는 얼굴을 새빨갛게 붉힌 채 바보 같은 소리를 하고 있었다. 아까까지만 해도 아프고 간지럽다며 울먹였는데 지금은 희희낙락하고 있었다.

왜 나는 그때 이 변태를 구하기 위해 전 재산을 포기했던 걸까?

3

그 후로는 바쁘면서도 충실한 나날이 계속되었다.

아침에는 몬스터를 토벌하러 갔고 오후에는 축제를 준비하기 위해 분주하게 뛰어다녔다.

평소 나는 몬스터 퇴치에 의욕을 보이지 않았지만 그 가게…… 아니, 곧 열릴 축제를 위한 일이기에 전혀 힘들지 않았다.

은둔형 외톨이였던 나에게도 학교 축제 같은 학교 행사를 즐기고 싶다는 마음이 있었던 걸까?

나는 매일같이 상점가의 회의에 참가하며, 이 축제를 성공시키고 싶다는 순수한 열망에 따라 다양한 조언을 했다.

【축제 일주일 전】

"—각 점포의 매상 향상 정책의 일환으로, 모든 노점의 점원이 수영복 차림을 하는 게 어떨까 하고 어드바이저로서 제안합니다!"

나는 테이블을 내려치면서 어드바이저로서 의견을 피력했다.

"정말 좋은 생각입니다! 하지만! 도가 지나쳤다간 경찰 측에서 개입하지 않을까요?!"

"경찰이 무서우면 어떻게 축제를 하냐고! 어드바이저님의 말대로 분명 매상이 늘어날 거야! 매상이 늘어날 거라는 걸 뻔히 알면서 하지 않는 상인이 이 세상 천지에 어디 있어!"

"하지만 회장이 저런 걱정을 하는 것도 당연해. 눈앞의 이익을 쫓다 내년부터 축제 규모가 축소되면 곤란하거든. ……젠장. 점원이 수영복 차림을 할 대의명분만 있다면……."

회장은 고민했다.

임원들은 낮은 신음을 흘렸다.

나는 그런 그들을 둘러보고 비책을 꺼내 들었다.

"나한테 생각이 있어."

그 말을 입에 담은 순간, 회의실 안의 분위기가 변했다.

"뭐?!"

"어드바이저님, 그게 뭐죠?!"

나는 그들을 둘러보면서 말했다.

"이번 축제는 여신 아쿠아 감사제이기도 해. 즉, 축제 현수막에 물의 여신이라는 글자가 들어가는 거지."

그 말을 들은 순간, 이 자리에 있는 임원들은 깜짝 놀란 표정을 지었다.

"물의 여신에게 감사하는 축제니까, 수영복 차림의 점원들에게 길거리에 물을 뿌리게 하는 거야. 그러면 물이 튀어도 괜찮은 복장을 한 것뿐이라고 주장할 수 있어. 그리고 축제 개최 기간은 1년 중에 가장 더울 때라면서? 그렇다면 더위 대책도 겸하고 있는 거라고 우기는 거야. 만일 그걸 가지고 뭐라고 한다면 「그럼 더위를 먹고 누가 쓰러지기라도 하면 당신이 책임질 겁니까?」라고 말하는 거지. 책임이라는 말에 약한 공무원들은 그 말을 듣자마자 꿀 먹은 벙어리가 될 거야."

"천재야! 어드바이저님은 천재였어!"

"축제가 끝나면 우리 가게의 어드바이스를 부탁하고 싶을 정도야!"

회의실 안에서는 박수 소리가 끝없이 울려 퍼졌다.

"—저기, 카즈마. 축제 실행 위원들한테서 『더위 대책 및 여신 아쿠아 감사제 개요서』라는 게 왔는데 말이다. 너도 실행 위원 중 하나지? 이건 대체……."

"아, 축제 당일은 더울 거 아냐. 더위 대책으로 곳곳에 물을 뿌릴 생각인데, 점원들이 평상복 차림으로 물을 뿌려 봐. 물이 튄 바람에 속옷이 비치기라도 하면 큰일이잖아? 그래도 수영복 차림이라면 부끄럽지 않을 거야. 사실 나는 고국에서 이런 축제에 참가해보지 못했거든. 그래서 이번 축제를 반드시 성공시키고 싶어……."

"그, 그러하냐. 괜한 착각을 해서 미안하다. 그렇다면 문제 될 게 없겠구나. 허가해주지. 음, 너희와 처음으로 함께 맞이하는 여름 축제인 만큼, 반드시 성공시키자꾸나."

나는 아직 정치에 익숙하지 않은 영주 대행, 다크니스의 상담 상대가 되어주기도 했다.

【축제 사흘 전】

어드바이저로서 내가 하는 일이 전부 뜻대로 술술 풀리지는 않았다.

당연히 운영 위원들과 격렬한 토론을 할 때도 있었다.

"폭발 마법 사용자가 왕도 근처에 있는 마왕군의 활동이 활발해진 탓에 지원하러 가서, 올해 불꽃놀이는 화력이 부족할 것 같군요. 중지할 수밖에 없겠는걸요."

회장이 그렇게 말한 순간, 나는 격앙된 목소리로 외쳤다.

"이 멍청아! 불꽃놀이를 중지한다는 게 말이 돼?! 머리가 제대로 돌아가기는 하는 거냐?! 불꽃 하면 YUKATA잖아! YUKATA를 안 볼 거냐고!!"

"어드바이저님, 진정하세요! YUKATA라면 머나먼 이국에서 들어왔다는 그 YUKATA 말입니까?"

"그래 봤자 불꽃놀이와 YUKATA 따위에 불과하잖아요. 그게 그렇게 중요한 겁니까?"

"YUKATA를 즐기고 싶어 하는 어드바이저님의 심정은 이해했습니다. 불꽃놀이를 볼 때는 YUKATA를 입는 게 매너라는 이야기를 들은 적도 있죠. 하지만 폭발 마법을 쓸 수 있는 자가 없으니 방법이 없습니다. 작렬 마법을 쓸 수 있는 마법사조차도 찾을 수 있을지……."

"파이어볼 같은 걸 날려선 분위기만 죽을 테고……."

나는 그런 그들을 둘러보면서 비책을 꺼내 들었다.

"나한테 생각이 있어. 내 동료 중에 폭렬마법을—."

"안 돼! 축제 자체가 사라지고 말 거라고!"

"이딴 녀석을 천재라고 부른 나 자신이 원망스러워! 이놈은 바보 천치야!"

"이런 남자에게 어드바이저 같은 걸 맡기는 게 아니었어. 나는 대체 무슨 생각으로 그딴 짓을 한 거지……."

내가 비책을 밝히자 임원들이 나를 향해 고함을 질러 댔다.

나는 근처에 있던 회장의 멱살을 움켜잡으며 말했다.

"뭐? 인마, 너야말로 회장을 관둬! 불꽃놀이는 남자의 낭만이야! 여름의 필수 이벤트란 말이다! 유카타를 입은 여자애와 불꽃놀이를 본다! 이건 은근슬쩍 여자애의 손을 잡는 게 허락되는 이벤트야! 그걸 안 하겠다고?! 이 멍청이는 대체 무슨 생각이야?!"

"이 망할 꼬맹이가! 그럼 제대로 된 대안을 내놔! 앗, 왜 손을 치켜드는 건데?! 모험가가 일반인에게 폭력을 휘두르는 거냐?!"

"해치워버려! 이 벼락부자 모험가는 약해 빠졌어! 힘을 합쳐 자근자근 밟아주자고!"

이런 식으로 임원들과 의견이 갈릴 때도 있었다.

"—『폭발 포션 사용 허가 요청』……? 어이, 카즈마. 이런 걸 축제에서 쓸 생각인 거냐? 위험하지 않을까? 그것보다…… 너는 왜 상처투성이인 거지?"

"그 포션은 축제에 필요한 물건이거든. 나는 수많은 이들의 마음을 짊어지고 있어. 이 축제를 실패하게 할 수는 없단 말이야."

"으, 음, 네가 이렇게 진지한 표정으로 그렇게 말하는 걸 보면 틀림없는 사실이겠지. 알았다, 허가하마. 허가는 하겠지만…… 저기, 어쩌다 그렇게 다친 것이냐?"

"남자에게는 반드시 지켜야만 하는 게 있어. 이 상처는 양보할 수 없는 것을 지키려다 입은 훈장 같은 거야."

"그, 그러하냐. 알았다. 더는 캐묻지 않으마. 캐묻지 않는 편이 좋을 것 같구나."

당혹스러워하는 다크니스를 설득한 후에도 바쁜 나날은 계속되었다.

지금 생각해보니, 나는 중학생 때도 학교 축제를 제대로 즐기지 않았다.

이것은 내가 즐기지 못했던 학교생활을 조금이라도 다시 즐겨보려는 나의 억지다.

솔직히 말해 어드바이저로서 받을 보수 같은 것은 안중에도 없었다.

나는 불안한 표정을 짓고 있는 다크니스에게 등을 보이며 돌아선 후 방으로 돌아갔다.

이 축제가 성공하기를 진심으로 기원하면서 말이다.

【축제 하루 전】

—축제 개최 전날이자, 회의 최종일이기도 한 오늘…….

나는 어드바이저로서 마지막 임무를 다하기 위해, 이 짧은 기간 동안 동고동락했던 동료들에게 비책을 알려줬다.

"내 고국의 아사쿠사라는 지역에서 열린 축제에서는 삼바 카니발이라는 이벤트가 열려. 선정적인 옷차림을 한 여자애들이 춤을 추며 행진하는……."

"거짓말하지 마! 그딴 축제가 진짜로 있을 리가 없어! 헛소리 작작 해! 뭐가 어드바이저야! 너는 그저 발랑 까진 꼬맹이야!"

"얼마 전에는 거대한 남성기 모양을 한 물건에 여성을 태운 후, 그걸 짊어지고 마을 안을 돌아다니는 축제가 있다고 했지! 그딴 정신 나간 축제가 존재할 리 없잖아!!"

임원들이 분통을 터뜨리고 그렇게 외치자 나는 테이블을 내려치며 반론했다.

"진짜거든?! 사람을 거짓말쟁이 취급하지 마! 애초에 에리스 축제 자체가 너무 수수하단 말이야! 뭐? 다 같이 에리스 교회에 가서 기도를 올리고 끝? 그 외에 다른 건 없어? 가마를 짊어지고 몸싸움을 벌이는 것 같은 화려한 이벤트 말이야!"

"축제라는 건 원래 신성한 거야! 네가 생각하는 축제가 비정상적이라고!"

"떼돈을 버는 것도 좋지만, 이러다간 소중한 걸 잃을 것 같은 느낌이 들어!"

"네가 내놓는 아이디어는 하나같이 돌직구야! 에로가 나쁜 건 아니지만, 좀 숨길 생각은 없는 거냐?!

그리고 오늘 밤.

어느새 정례 행사가 되어버린 것처럼 다크니스와 대화를 나누고 있었다.

"—어이, 카즈마. 뭐 좀 물어봐도 괜찮겠느냐?"

"일단 들어는 볼게. 무슨 일이야?"

"이 『가장 퍼레이드』라는 기획이 무슨 의미인지 모르겠다만……."

나는 다크니스가 그 질문을 던질 거라는 사실을 예측하고 있었다.

"여신 에리스는 다른 모습으로 지상에 강림해서, 사람들을 위해 남몰래 활동하고 있어. 이 이야기는 너도 알지?"

"그, 그래……. 에리스 교도 사이에서는 유명한 전설이지. 그래서 매년 이 시기가 되면 에리스 님이 원래 모습으로 축제를 즐기실 수 있도록 수많은 사람들이 에리스 님으로 변장한다. 진짜 여신께서 섞여 있더라도 눈에 띄지 않도록 말이야."

호오, 단순한 코스프레 축제인 줄 알았더니 그런 의미도 있었구나.

"그 연례행사를 이용해 축제를 더욱 화려하게 만들기 위한 이벤트야. 딱히 에리스 님이 아니라도 괜찮아. 용사든, 왕녀든, 여신 아쿠아든, 뭐든 상관없어. 내 고국에는 KOMIKE라는 축제가 있는데, 거기서는 많은 사람들이 다양한 코스프레를 해."

"그, 그러하냐. 뭐, 축제 분위기를 띄우려는 취지는 이해했다. 이해했다만……. 여신을 칭송하는 축제에서, 저기, 서큐버스 복장을 하는 걸 허가해달라는 신청은 문제가 있는 것 같은데……."

"너야말로 무슨 소리를 하는 거야. 모처럼의 축제잖아? 본래 모습으로 편안하게 축제를 즐기고 싶어 하는 건 여신만이 아닐 거야. 축제니까 괜찮지 않겠냐고. 에로틱한 복장을 한 누님이 마을 안을 어슬렁거려도 이때만은 봐주자는 거야."

"봐주자니……. 응? 잠깐만. 너는 지금 무슨 소리를 하는 거지? 마치 여신 이외의 존재도 이 마을에 녹아들어 있다는 듯한……."

"잔말 말고 빨리 도장이나 찍어. 이건 남성 모험가들의 소망이라고! 그리고 이 기획서가 통과되면 진짜 서큐버스 코스프레를 해주겠다고 누님들이 그랬단 말이야!"

"네가 말하는 누님들은 대체 누구냐?! 그리고 왜 그렇게 필사적인 거지?! 알았다! 찍으면 될 것 아니냐! 대체 어떤 여자들이 그런 기발한 복장을 하겠다는 건지……."

이런저런 일이 있었지만 축제 준비는 어찌어찌 진행되었고…….

드디어, 그날을 맞이했다—.

4

『이날을 고대해 온 액셀 마을 여러분, 준비는 다 되었습니까? 지금 이 자리에서 여신 에리스&아쿠아 감사제의 개최를 선언합니다!』

『우오오오오오오오오!』

확성기 마도구를 통한 개최 선언이 마을 전체에 울려 퍼졌다.

그와 동시에 축제를 축하하는 것처럼 하늘을 향해 마법이 발사되었고 지상에서는 그에 뒤지지 않을 정도의 환성이 터져 나왔다.

"벌써 아침이 됐구나……."

오늘은 축제가 개최되는 날이다.

일을 하며 허비한 시간을 만회하려는 것처럼 홍마의 마을에서 아쿠아가 가지고 온 게임을 밤새도록 즐긴 나는, 그 시끌벅적한 소리를 듣고서야 해가 떴다는 사실을 눈치챘다.

배가 고파서 아래층으로 내려가 보니 메구밍이 혼자서 아침을 먹고 있었다.

"카즈마, 좋은 아침이에요. 아쿠아도 그렇고 다크니스도 그렇고, 오늘은 다들 일찍 일어났네요."

"아, 나는 지금 일어난 게 아니라 어젯밤부터 이불 안에서 게임을 했을 뿐이야. 그것보다 그 두 사람도 일어났어? 모습이 보이지 않는데 어디 간 거야?"

"아쿠아는 너무 흥분한 탓에 어젯밤에 잠을 한숨도 못 잔 것 같아요. 그리고 해가 뜨자마자 바로 외출했어요."

소풍 전날에 잠을 못 자는 어린애 같았다.

"다크니스는 아쿠아가 외출했다는 걸 가르쳐줬더니 허둥지둥 뛰쳐나갔어요. 아쿠시즈 교단이 사고를 칠까 싶어 감시하러 간 것 같아요."

"그 녀석도 영주 대행이 된 다음부터 진짜 고생이 많네. 메구밍은 축제 보러 갈 거야?"

"아뇨. 저는 축제에 같이 갈 사람이 없어서 울먹거리고 있을 융융한테 가볼까 해요. 눈앞에서 어슬렁거리는 저한테 같이 축제에 가자는 말을 못한 채 끙끙거릴 그 애를 놀려줄 생각이죠. 카즈마도 같이 갈래요?"

"이, 인마, 그런 짓을 할 바에야 그냥 같이 축제 보러 가. 나는 저녁때까지 눈 좀 붙인 다음 노점들을 둘러보면서 값만 물어보고 다닐 거야."

"그런 걸 눈 좀 붙인다고 하진 않을 것 같은데요……. 그런데 카즈마. 축제 사흘째 밤에는 뭘 할 건가요?"

아침 식사를 끝낸 메구밍이 차를 홀짝이면서 느긋한 목소리로 그렇게 물었다.

"사흘째? 아마 노점을 둘러보며 대충 돌아다니고 있을걸? 그건 왜 물어?"

"아, 축제 사흘째 밤에는 불꽃놀이를 하거든요. 아쿠시즈 교도가 축제에 관여한 만큼 그때까지 축제가 무사할지 걱정이지만……. 만약 그때까지 아무 일도 없다면, 저와 같이 불꽃놀이를 보러 가죠."

메구밍은 그렇게 말하더니 내가 대답하기도 전에 식기를 챙겨 든 후 부엌으로 향했다.

……그러고 보니 불꽃놀이가 있었지.

여자애와 함께 축제에 가서 불꽃놀이를 본다.

왠지 청춘을 제대로 만끽하는 것 같네!

—그날 저녁.

뜻밖의 불꽃놀이 이벤트 발생 때문에 좀처럼 잠들지 못한 나는 평소와 달리 시끌벅적한 마을을 보며 약간 겁을 먹었다.

은둔형 외톨이에게 있어 수많은 인파는 그야말로 천적인 것이다.

상업구에 다가갈수록 사람들도 늘어났다.

액셀 상업구 입구에는 커다란 현수막이 걸려 있었고, 거기에는 여신 에리스 감사제라는 글자가 큼지막하게 적혀 있었으며…….

그 옆에는 여신 아쿠아 감사제라는 글자가 조그마하게 적혀 있었다.

나는 우선 상황을 파악하기 위해 아쿠시즈 교단에게 배정된 구역으로 향했다.

해는 이미 졌으며 가로등 불빛이 주위를 밝히고 있었다.

상업구의 도로는 평소보다 더 북적이고 있었고 모험가와

민간인, 상인 등, 수많은 사람들로 넘쳐나고 있었다.

곳곳에 노점이 존재했고 시끌벅적하지 않은 곳이 없었다.

아쿠시즈 교단의 담당 구역도 이렇게 북적대면 좋겠는데 말이야.

내가 그런 생각을 하면서 가보니, 아쿠아 일행이 가게를 낸 곳에서 뭔가 소동이 일어난 것 같았다.

5

"허락도 없이 이런 걸 팔면 곤란해요! 왜 당신네들 아쿠시즈 교도는 사사건건 문제만 일으키는 거죠?!"

"이런 거라니 너무하잖아! 아쿠아 님께서 아이디어를 내신 가게에 쳐들어와서 지금 시비 거는 거야?!"

다투고 있는 사람 중 한 명은 세실리였다.

그녀는 축제 구역을 순찰 돌던 경찰관과 말다툼을 하고 있었다.

"어이, 너 지금 뭐하는 거야? 축제 분위기를 띄우라고는 했지만, 사고를 치라고 말한 적은 없다고. 너희는 경찰과 문제를 일으키지 않으면 직성이 풀리지 않는 거냐?"

금방이라도 경찰관에게 달려들 것 같던 세실리는 나를 보더니 이렇게 말했다.

"아앗, 마침 잘 왔어! 카즈마 씨, 내 말 좀 들어봐. 이 남자가 말도 안 되는 트집을 잡으면서 장사를 방해해!"

"뭐가 트집이에요! 이딴 걸 어떻게 허락하냐고요!"

대체 무엇 때문에 저렇게 다투는 걸까.

내가 노점을 쳐다보니 물이 가득 든 양동이 안에서 수많은 올챙이가 헤엄치고 있었다.

"……이게 뭐야?"

올챙이치고는 크네.

바로 그때—.

"아쿠아 님께서 말씀하셨어. 축제 하면 금붕어 건지기라고 말이야. 금붕어 건지기가 뭔지 잘 모르겠지만, 이 누님은 그걸 재현해보려고 노력했어. 야생 금붕어를 구하지 못해서 올챙이로 타협하기는 했지만, 이렇게 노점을 냈는데……."

세실리는 그렇게 말하면서 어떻게 좀 해달라는 듯 나를 쳐다보았다.

아니, 이런 걸 건져서 뭘 어쩌라는 건데.

그리고, 이건—.

"야, 이 올챙이는 좀 크지 않아? 이거 진짜로 올챙이 맞아?"

내 의문에 답하듯 경찰관이 입을 열었다.

"아무튼 이런 데서 자이언트 토드 새끼를 팔면 안 된다고요! 이 녀석들은 순식간에 몸집이 불어난단 말이에요! 애들이 샀다가 몇 달 후에 마을 안이 개구리로 넘쳐나면 어쩔 거예요!"

“어이, 이 안에 살충제 좀 뿌리자.”

내가 경찰관의 말을 듣고 바로 자이언트 토드 새끼를 폐기 처분하려고 하자 세실리가 허둥지둥 말렸다.

“안 돼! 내 가게를 부수지 마! 아쿠아 님께서 말씀하셨어! 카즈마 씨도 이 노점을 보면 반가워할 거라고 말이야! 당신도 금붕어 건지기 좋아하지?! 그렇지?!”

“금붕어 건지기는 좋아하지만, 이렇게 하나도 귀엽지 않은 걸 누가 건지냐고! 함부로 풀어줬다간 나중에 대량으로 번식해서 난리가 날 거 아냐! 폐기 처분 시키기 싫으면 먼 곳에 버리고 와! 그리고 너희들, 축제 허가만 받으면 뒷일은 알아서 할 수 있다며?! 이게 알아서 하는 거냐?!”

내가 그렇게 외치자 세실리는 후훗 하고 웃었다.

“그럴 리 있겠어? 아쿠시즈 교단이 자랑하는 노점이 이것 하나뿐이라고 생각하는 거야? 이날을 위해 이 마을에 있는 아쿠시즈 교도가 모두 모여서 지혜를 모았단 말이야!”

세실리가 그렇게 말하며 가리킨 곳에는 서른 개가 넘는 각종 노점이 있었다.

이 마을에 세실리 이외에도 아쿠시즈 교도가 더 숨어 있었던 거냐. 나는 한 마리 보이면 서른 마리는 있다고 여기라던 그 벌레를 연상하고 말았다.

뜻밖에도 노점을 이용하는 손님은 꽤 많았고 나름 사람들로 북적이고 있었다.

이 녀석들도 꽤 노력했구나, 하고 생각하며 나는 한순간 감탄했다. 하지만 곧 저쪽의 활기가 좀 이상하다는 사실을 눈치챘다.

"크라켄구이는 어떠십니까~? 새끼 크라켄을 구워서 만든 진귀한 크라켄구이입니다! 정말 맛있어요~!"

"저기, 이거 평범한 오징어구이 아냐? 맛도 오징어랑 똑같은 것 같은데……."

"무슨 소리를 하는 겁니까! 당신은 진짜 크라켄을 먹어본 적이 있나요? 이건 틀림없는 크라켄구이예요! 아쿠시즈 교단이 보증하죠!"

오징어구이, 아니, 크라켄구이를 파는 누님…….

"자, 이 오두막 안에는 물고기 인간 머맨과, 반인반어 머메이드 사이에서 태어난 잡종이 있어요! 어느 용감한 아쿠시즈 교도가 잡은 이 진귀한 생물을 구경하고 가세요! ……앗! 손님, 오두막 안에서 날뛰면 안 됩니다!"

"헛소리하지 마, 이 자식아! 돈 돌려줘! 있는 거라고는 수조 안에 넣어 놓은 커다란 생선뿐이잖아!"

……진귀한 생물을 구경하러 온 손님과 다투고 있는 사람…….

"과녁 맞추기 하지 않겠습니까~. 과녁의 미간에 정확하게 맞추면 호화 상품을 받을 수……."

"잠깐, 과녁인 인형이 에리스 님을 쏙 빼닮았잖아?! 이 자식들, 에리스 님을 모욕하지 말란 말이야!"

"큭, 축제 첫날부터 에리스 교도에게 방해를 받다니! 경찰 아저씨! 여기 좀 와보세요! 여기 있는 에리스 교도를 잡아가…… 아얏, 뭐하는 거야?! 단속당해야 하는 건 내 가게가 아니라 저 여자라고……!"

…………경찰에게 가게를 철거당하고 있는 사람…….

그리고—.

"저기, 누나. 이게 진짜 드래곤이야?"

"응. 드래곤 맞아. 지금 아쿠시즈 교단에서는 드래곤을 기르는 게 유행하고 있어. 한 마리에 겨우 500에리스밖에 안 해. 자, 너도 사서 키워보지 그러니?"

근처에서 잡아 온 도마뱀을 염색시켜 늘어놓고, 아이들 상대로 드래곤이라 주장하며 강매하고 있는 바보가 있었다.

"으음……. 500에리스면 내 전 재산이라서 다른 걸 못 사니까 됐어. 그리고 왠지 도마뱀 같이 생겼잖아."

"어머, 그래? 아쉽네. 하지만 그렇게 되면 이 아이들은 팔리지 않고 남겠네. 팔리지 않은 드래곤을 그냥 풀어줄 수는 없어. 왜냐면 위험하거든. 아아, 그럼 이 애들은 보건소로 끌려갈 거야……. 그곳에서도 주인을 구하지 못한다면, 가엾게도 이 드래곤들은 폐기 처분 당하겠지……."

바보의 협박을 철석같이 믿은 그 아이는 당황했다.

"마, 말도 안 돼! 이 애들은 도마뱀이잖아?! 그냥 놔둬도 된단 말이야!"

"무슨 소리를 하는 거니. 이 애들은 엄연한 드래곤이야! 얘, 안 살 거야? 정말 안 사도 괜찮겠어?"

그 바보는 금방이라도 울음을 터뜨릴 것 같은 표정으로 갈등하는 그 아이의 양심을 계속 찔러 댔다.

"으으……. 하, 하지만, 이걸 사면 진짜로 용돈이……."

"그래? 진짜로 안 살 거지?! 분명 후회하게 될 거야! 아아, 맙소사. 이 불쌍한 드래곤들은 보건소행이 확정되고 말았어!"

"인마, 네가 산 병아리나 보건소로 보내! 이 멍청이가 어린애 상대로 무슨 짓이야?!"

나는 아쿠아의 뒤통수를 세게 때렸다.

6

"너, 자기가 가짜 드래곤을 산 분풀이 삼아서 같은 피해자를 양산할 속셈이지?"

"무슨 소리를 하는 거야? 카즈마는 모르나 보네. 축제에서는 약간의 바가지나 사기가 허용돼. 일본의 축제도 그렇잖아? 그리고 젤 킹은 틀림없는 드래곤이야."

나는 도마뱀을 팔던 아쿠아를 데리고 이동하며 머리를 감싸 쥐었다.

아쿠시즈 교도가 담당한 구역에서는 제대로 된 가게가 하나도 보이지 않았다.

역시 이 녀석들에게 맡기는 게 아니었다. 아쿠시즈 교단과 에리스 교단을 대립시키려고 해도 아쿠시즈 교단 쪽이 너무 못 미더웠다.

"너희가 하는 짓은 『약간』 정도가 아니란 말이다, 이 멍청아! 축제 분위기를 조성하는 건 고사하고 손님들이 질색하고 있잖아. 그리고 다크니스가 축제를 보러 올 거라고 했단 말이야. 고지식한 그 녀석이 이 참상을 알면 앞으로는 아쿠시즈 교단의 축제 참가를 허락해주지 않을걸?"

그 말을 듣고서야 사태를 파악한 아쿠아는—.

"그, 그럼 저기 가자! 카즈마, 저기 있는 저 가게만큼은 자신이 있어! 저 가게만큼은 찔리는 짓을 전혀 하지 않은 데다, 현재 가장 벌이가 좋아!"

……그렇게 말하면서 나를 어느 가게로 끌고 갔다.

아쿠시즈 교단에게 배정된 구역 구석에는 조그마한 가게가 있었다.

그 노점에는 뜻밖에도 사람들이 꽤 모여 있었다.

……하지만, 나는 그 가게의 점원을 본 순간 다리가 풀렸다.

그 사람은 바로 얼굴이 다 죽어 가고 있는 크리스였다.

"한가해 보이는 크리스한테 점원을 해달라고 부탁했어!"

이 애, 진짜로 뭘 하고 있는 거야?

에리스교의 여신이 왜 아쿠시즈교의 노점에서 점원을 하고 있는 거냐고…….

썩은 동태눈을 한 채 무릎을 꼭 끌어안고 있던 크리스는 나를 향해 힘없이 손을 흔들었다.

뭐하는 노점인가 싶어 보니, 제비뽑기를 하는 가게 같았다.

"어이, 한 번 더! 한 번 더 할래!"

"기다려! 내가 먼저 할 거야! 나는 돈을 많이 날렸다고!"

제비를 뽑아서 당첨되면 걸었던 돈이 곱절이 되어서 돌아온다.

그런 단순한 게임을 하는 노점인데도 불구하고 손님이 많았으며 다들 열광하고 있었다.

남자 손님은 동전 몇 개를 건넨 후, 크리스가 내민 세 개의 제비 중에서 한 개를 뽑았다.

그리고 천천히 제비를 펼쳐보니—.

"젠장! 또 꽝이잖아! 어이, 다른 제비도 펼쳐봐!"

크리스는 그 남자가 시키는 대로 들고 있던 다른 두 제비를 공개했다.

그 두 제비에는 당첨이라는 글자가 떡하니 적혀 있었다.

아하, 세 장 중에 한 개만 꽝인 거구나.

원래라면 꽝일 확률이 3분의 1밖에 안 되니 손님에게 유리한 내기였다.

하지만…….

“좋아! 이번에야말로 맞추고 말겠어! 사기를 치는 것 같지는 않으니까, 슬슬 걸릴 때가 됐다고!”

“축복 마법을 건 것 같지도 않은데, 왜 이렇게 우리만 지는 거지……? 어이, 슬슬 관두자.”

“딱 한 번만! 본전 찾을 생각 같은 건 없어! 한 번만 걸리면 만족할 거라고! 꽝만 잔뜩 뽑고 끝낼 수는 없단 말이다!”

손님이 유리한데도 불구하고 계속 지고 있어서 이렇게 열기를 띠게 되었고 돈을 날린 사람들도 물러서지를 못하는 건가.

하지만 상대가 너무 나빴다. 그것도 그럴 것이 저 사람은—.

“좋아, 이번에야말로 이기고 말겠어! 행운의 여신 에리스 님, 부디 당첨 제비를 뽑게 해주세요! 안 그러면 저는 아쿠시즈교로 개종할 겁니다!”

“뭐어?! 자, 잠깐만 기다려!”

남자의 말을 듣고 크리스는 당황했지만 한발 늦었다.

그는 또 제비를 고르더니……!

“이걸로 할래! ……젠자아아아아아아앙!! 에리스 님, 정말 미워어어어어어엇!”

"아, 아앗~!"

또 꽝을 뽑은 그 남자는 제비를 집어 던졌고 크리스는 울먹거리며 비명을 질렀다.

"대단해, 크리스. 억지로 끌어들인 보람이 있네! 점원을 맡아줄 뿐만 아니라 에리스 교도를 개종까지 시켰잖아! 얼마 전에 카오룽즈 히드라가 살던 호수에서 이상한 모양의 돌을 주웠는데, 그걸 답례 삼아 줄게."

"필요 없어요! 아아…… 소중한 신자가……."

진짜로 이 사람은 대체 뭘 하고 있는 걸까.

아마 아쿠아가 하도 억지를 부려 댄 탓에 거절하지 못한 거겠지만…….

충격을 받은 크리스가 고개를 숙이고 있을 때, 아까까지 경찰관과 다투고 있던 세실리가 이쪽으로 왔다.

"아쿠아 님 어떻게 하죠……. 저 끈질긴 손님이 관둔 바람에 결국 제비뽑기 노점에도 손님이 끊겼어요……. 이렇게 되면 제가 추천했던 우뭇가사리 슬라임 가게를 낼 수밖에 없을 것 같아요."

"그래……. 그 방법밖에 없을 것 같네."

"어이, 내가 좋은 아이디어를 제공해줄 테니까 이상한 걸 팔려고 하지 마!"

7

하아, 대체 어쩌다 이렇게 된 거지.

원래 나는 아무것도 안 할 생각이었지만 현재 아쿠시즈 교도는 에리스 교도에게 상대조차 되지 못했다.

축제 분위기를 띄우는 건 고사하고 이대로 가다간 자연 소멸할 것 같았다.

그에 비해 에리스 교단은 재료비 수준의 가격을 매긴 각종 노점을 내서 호평받고 있었다.

성가대가 에리스를 칭송하는 노래를 합창하고 있으며, 곳곳에서 에리스에게 감사하는 목소리와 함께 건배 소리가 수도 없이 들려오고 있었다.

신선함이 전혀 느껴지지 않는 전통적인 축제 분위기지만, 미소와 함께 헌신적으로 술까지 대접하고 있는 에리스 교단의 모습을 보니 여신 에리스 감사제가 열리는 것도 당연하다는 생각이…….

"—저기, 카즈마. 나는 뭘 하면 돼?"

"이럴 때야말로 너의 그 연회용 장기 자랑을 써먹어야지. 지금이 바로 네 힘이 도움이 될 때야. 손님을 모은 다음에는 너도 요리를 도와. 세실리는 손님을 상대하고, 크리스는 요리 조수를 맡아줘."

"오호~, 손님을 모으면 되는 거구나. 그거라면 맡겨줘."

"누님의 매력으로 남자 손님들에게 강매하면 되는 거지?

나만 믿어."

"저기, 나도 계속 도와야 하는 거야?!"

나는 다른 이들에게 지시를 내린 후, 바로 요리를 시작했다.

감미로운 소스 향기가 상업구를 가득 채웠다.

그리고 그 향기에 이끌린 것처럼―.

"자, 다음 분! 마요네즈 잔뜩에 파래 듬뿍이군요! 어이, 아쿠아! 양배추 더 썰어! 크리스는 돼지고기를 맡아줘!"

"카즈마, 내가 돼지고기를 담당하면 안 될까?! 양배추들이 활기가 넘치다 못해 흉포하단 말이야!"

"나도 양배추는 부담스럽거든?! 저기, 조수 군! 내가 조리할 테니까 네가 양배추를 담당해~!"

아쿠아가 양배추를 상대로 악전고투하는 가운데, 크리스는 불평을 늘어놓으면서도 솜씨 좋게 돼지고기를 잘랐다.

"어쩔 수 없네. 크리스, 나의 식칼 놀림을 잘 봐! ……우물, 여름 양배추는 씹는 맛이 좋아서 정말 맛있다니깐."

"우물…… 으음, 나는 봄 양배추가 가장 좋아. 겨울 양배추는 성격이 거칠고, 가을 양배추는 날아다녀서 성가시거든……."

"나는 바빠 죽겠는데 너희는 지금 뭘 먹어 대고 있는 거야?! 자, 오래 기다리셨습니다! 다진 고기 잔뜩 면 딱딱 곱빼기입니다!"

내가 요리를 만들자 가게에 손님들이 몰려들기 시작했다.

메뉴는 일본 축제의 대표 요리이자 누구나 좋아하는 YAKISOBA다.

일본인이 이 세상에 오면서 지구의 다양한 요리가 전파되었다.

그러나 된장국과 닭튀김, 햄버그 같은 요리는 꽤 널리 알려졌지만 아직 제대로 전파되지 않은 요리도 있었다.

"이 YAKISOBA라는 거 맛있네! 소스 맛을 뭐라고 표현해야 할지 모르겠지만 말이야!"

"맞아! 이 냄새를 맡기만 해도 배가 고파져!"

"어이, 형씨! 나는 마요네즈 잔뜩에 양배추 곱빼기, 면 딱딱으로 부탁해!"

"주문해주셔서 감사합니다! 어이, 세실리, 주문 메모해…… 너까지 양배추를 먹고 있냐?!"

야키소바 소스를 접해본 적이 없는 이 세계 사람들을 다들 맛있게 먹고 있었다.

일본에서 온 녀석들은 이 요리를 만드는 방법은 알아도 소스의 레시피는 모를 것이다.

다양한 향신료를 섞어야만 만들 수 있는 카레와 오코노미야키 소스처럼 전문 지식이 필요한 요리는 이 세계에서 볼 수 없었다.

그런데 왜 내가 야키소바 소스를 만들 수 있냐면—.

"요리 스킬 소유자가 노점을 내다니, 올해 축제는 정말 호화로운걸! 내년에도 아쿠시즈 교도가 참가해주지 않으려나?"

"저 요리사는 사토 카즈마라는 꽤 유명한 모험가 아냐? 저 녀석, 요리도 잘하는구나."

그렇다. 얼마 전에 습득한 요리 스킬 덕분이었다.

생활 수준을 높이기 위해 익힌 스킬이 이런 식으로 도움이 될 거라고는 생각도 못했다.

그리고 일본에서 이세계로 전생한 자들은 요리 스킬 같은 것을 익히지 않는다.

아니, 익힐 수 없다.

왜냐면 치트를 얻은 녀석들은 일부러 모험가 같은 최약체 직업이 될 필요가 없으니까 말이다.

에리스 교단이 전통을 중시하는 축제를 연다면, 이쪽은 현대풍 축제로 대항한다.

신기해서 그런 건지 아니면 특이해서 그런 건지는 모르겠지만, 세실리가 야키소바 포장지 안에 은근슬쩍 아쿠시즈 교단 입교서를 넣어 뒀는데도 불구하고 꽤 호평이었다.

그 모습을 본 아쿠아는 눈을 반짝이며 외쳤다.

"저기, 카즈마! 아쿠시즈 교도가 칭찬받고 있어! 왠지 엄청 신선한 느낌이야!"

"사이드 메뉴로 우뭇가사리 슬라임 토핑은 어떠신가요~? 달콤하고 탱글탱글한 우뭇가사리 슬라임이에요~!"

"어이, 금지된 슬라임을 팔지 마! 이상한 걸 토핑하지 말라고! 푸하하하! 어때, 아쿠아? 사람은 열심히 일하면 그에 합당한 보답을 받기 마련이라고! 남한테 바가지 씌우는 것보단 성실하게 일하는 게 훨씬 나아! ……그건 그렇고 이 정도 인기라면 진짜로 가게를 차려도 괜찮겠는걸! 이제 일 안 해도 될 만큼 돈을 잔뜩 벌었는데도, 웃음이 멈추질 않아!"

"저기, 조수 군……. 왠지 에리스 교도의 가게 쪽에 있던 사람들도 이쪽으로 몰려오고 있는 것 같아. 나 진짜로 뭘 하고 있는 걸까……?"

그날 밤―.

엄청난 적자를 본 아쿠시즈 교도의 노점 중에서, 야키소바 가게만이 유일하게 흑자를 봤다.

8

"―그럼 오늘 매상 말인데, 바로 이러합니다."

""""오오오오오?!""""

상점가 임원들이 모인 회의실에서…….

축제 첫날의 매상이 보고되자 나를 비롯해 이 자리에 있는 이들 전원이 탄성을 질렀다.

"예년의 곱절에 가까운 매상이잖아! 올해 축제는 대성공이야!"

"이건 전부 어드바이저님이 제안하신 에리스 교단과 아쿠시즈 교단의 경쟁 덕분이군요! 아쿠시즈 교도는 매상이 변변찮지만, 자극을 받은 에리스 교도가 의욕을 불태운 것 같아요."

"그래. 아쿠시즈 교도들이 더 분발해줬으면 좋겠지만, 이 정도로도 충분히 이득이지. 그건 그렇고 아쿠시즈 교단이 차린 가게 중에서 YAKISOBA라는 가게는 꽤 매상을 올렸는걸. 축제가 끝날 즈음에 오픈한 가게라던데, 내일은 좀 더 일찍부터 영업한다더군. 그러니 기대 좀 해봐도 될 거야."

개최 직전에 대판 싸우기는 했지만 이 성과를 두 눈으로 직접 확인한 임원들은 나를 우러러보았다.

영주를 대신해 축제를 준비한 상점가 임원에게는 축제 기간 동안 발생한 세금 중 일부가 보수로서 지급된다고 한다.

물론 어드바이저인 나에게도 보수가 주어진다.

그래서 나를 비롯한 임원들은 어느 교단이 승리하건 매상만 잔뜩 올려주면 충분한 것이다.

"사실 그 야키소바 가게는 한심하기 그지없는 아쿠시즈 교단을 보다 못한 제가, 고국의 요리를 재현해서 판매하기 위해 연 가게입니다. 아무튼 내일 이후에도 이 어드바이저를 믿어주세요. 사실 많은 비책을 준비해 뒀거든요."

""""오오!""""

이 자리에 있는 임원들은 존경심이 어린 눈빛으로 나를 쳐다보았다.

"역시 사토 씨! 당신 덕분에 위즈 마도구점이 번창했다는 소문을 들었습니다만, 그게 사실인가 보군요!"

"그래! 짧은 시간에 벼락부자가 된 것도 납득이 돼!"

"이거 내일도 기대 되는걸요!"

하하, 이렇게 칭찬을 받으니 부끄러운걸.

일본의 축제를 재현했을 뿐인데 말이야.

"뭐, 저만 믿어요. 어드바이저로서 내일도 최선을 다할게요."

""""오오오오!!""""

이렇게 축제 첫날은 끝을 맞이했다.

9

"……어이, 카즈마. 혹시 이제부터 아쿠시즈 교단을 도우러 가는 것이냐?"

여신 에리스&아쿠아 감사제 이틀째.

주위가 어두워지고 마을 사람들이 상점가로 모여들기 시작할 즈음…….

저택을 나서려는 나에게, 눈 밑에 다크서클이 생긴 다크니스가 지친 기색이 역력한 목소리로 말을 걸었다.

"응. 그럴 건데……. 무슨 일이야? 안색이 안 좋은데."

지칠 대로 지친 다크니스는 소파에 몸을 맡긴 채 눈을 감았다.

"안색이 나빠지는 것도 무리는 아니지. 영주 업무라는 게 이렇게 힘든 건 줄 몰랐다……. 실은 축제 전과는 비교도 안 될 정도의 클레임이 들어오고 있다. 무슨 생각으로 그런 건지는 모르겠지만, 카오룽즈 히드라가 살던 호수에 자이언트 토드 새끼를 방류한 바보가 있는 것 같더구나. ……그 외에도 희귀한 생물을 보여준다며 사기를 당했다는 둥, 귀신의 집에 들어갔더니 좀비 코스프레를 한 아쿠시즈 교도가 몸을 마구 만져 댔다는 둥……."

어쩌지. 다크니스가 방금 말한 것들 중에서 내 가슴을 뜨끔하게 만드는 안건이 몇 개나 있었다.

"그 외에도 에리스 교도의 노점에 아쿠시즈 교도가 쳐들어와서 노점 보호비를 뜯으려고 했다는 둥, 수영복 차림의 남성 점원을 좀 어떻게 할 수 없냐는 둥, 어린애가 염색된 도마뱀을 강매당했다는 둥……!"

나는 일단 다크니스에게 차를 타주기로 했다.

다크니스는 차를 넘겨받더니 그것을 홀짝인 후, 구구절절한 한숨을 내쉬었다.

"고맙다……. 나는 최근 며칠 동안 부쩍 늙어버린 것 같은 느낌이 드는구나……."

"고생이 많네……. 하지만 내가 너희 때문에 사과하러 다닐 때도 비슷하단 걸 기억해 둬. 뭐, 어제 네가 들은 클레임 중 대부분은 나와 관련이 있는 것 같지만, 오늘부터는 그것도 줄어들 거야. 그러니까 조금만 더 힘내."

내가 위로해주자 다크니스는 눈동자를 눈물로 촉촉이 적시면서 말했다.

"고, 고맙다……! 나를 이해해주는 사람은 너뿐이다……! 그러고 보니 나는 항상 너를 고생시켰구나. 정말 미안……. 잠깐만 있어 봐라. 방금 뭐라고……."

나는 아쿠시즈 교단을 지원하기 위해 다크니스의 말을 끝까지 듣지도 않고 저택을 나섰다.

—아쿠시즈 교단의 구역에 가보니, 그곳은 어제와 다른 의미로 인파가 몰려 있었다.

"자, 어서 오세요! 외국의 축제 요리, YAKISOBA는 이쪽에서 팝니다!"

"숲에서 갓 잡은 문어로 만든 타코야키도 맛있어요! 큼지막한 문어가 쫄깃쫄깃해서 끝내준답니다~!"

"빙수는 어떠신가요~! 맛있는 빙수는 어떠신가요~!! 딸기, 레몬, 파인애플, 팥, 그리고 우뭇가사리 슬라임 맛도 있어요!"

세세한 부분에서 차이가 나지만 내 눈앞에는 일본의 축제와 흡사한 광경이 펼쳐지고 있었다.

"앗! 카즈마, 왜 이렇게 늦었어! 봐! 엄청 성황이야! 낮에 만들어 놓은 얼음이 다 떨어졌어! 물은 내가 만들 테니까 빨리 얼음 만들어~!"

아쿠아는 나를 발견하더니 얼음이 들어 있던 용기를 들고 허둥지둥 뛰어왔다.

곳곳에서 운영 중인 가게는 일본의 축제 노점을 엉성하게나마 재현하고 있었다. 그리고 그런 가게를 처음 보는 사람들이 몰려든 탓에 사람들로 꽤 북적이고 있었다.

좋아. 이대로 가면 오늘도 매상이 상당하겠는걸.

어드바이저인 내가 받을 보수도 꽤 기대가 되었다.

"오늘은 분위기가 괜찮네. 그래, 이렇게 평범하게 하면 네 신자도 늘어날 거야. 이렇게 다들 기뻐하는 것도 나쁘지 않잖아?"

나는 프리즈 마법으로 얼음을 만들면서 아쿠아를 향해 미소 지었다.

그러자 아쿠아는 미소를 짓더니—.

"응. 이건 전부 카즈마 덕분이야. 봐, 카즈마. 아쿠시즈 교단 애들이 다들 즐겁게 웃고 있어."

예상과 달리 내 말에 순순히 동의하며—.

"카즈마 씨, 카즈마 씨. 나, 이 축제를 열어서 정말 기뻐. 아쿠시즈 교단을 도와줘서 고마워."

—라고 말하더니, 순진무구한 웃음을 터뜨렸다.

……어라. 이 녀석, 축제 분위기 때문에 좀 이상해진 것 같네.

우쭐대면 호된 꼴을 당한다는 걸 학습한 것도 그렇고, 아쿠아가 요즘 들어 좀 이상했다.

젤 킹 때문인가?

아이가 생겨서 성장한 걸까?

하지만 아쿠아가 멋대로 자기 애라고 부르는 것뿐이잖아. 그리고 해준 거라고 해 봤자 알을 품어준 것뿐이라고.

아무튼, 축제 운영 측으로부터 보수를 받기로 되어 있는 나는 아쿠아에게 고맙다는 말을 듣고 약간 가슴이 뜨끔했다.

그래서 이야기를 돌리기로 했다.

"그, 그런데 이렇게 인기가 있으면 너희도 돈 좀 벌었겠는걸? 좋은 기회니까 이번에 얻은 매상으로 금방이라도 무너질 것 같은 아쿠시즈 교회를 새로 짓는 게 어때?"

"실은 그렇게 벌지는 못했어. 어제 카즈마가 그랬잖아. 「사람은 열심히 일하면 그에 합당한 보답을 받기 마련이라고! 남한테 바가지 씌우는 것보단 성실하게 일하는 게 훨씬 나아!」라고 말이야. 그 말에 따라 우리는 박리다매를 하고 있어. 게다가 축제를 공동 개최하게 되면서 운영 위원회 측이 아쿠시즈 교단에도 축제 개최 비용을 부담해달라고 했거든. 그것까지 포함하면 아직 적자야."

진짜 이 녀석들 뭘 잘못 먹은 건가. 왜 이렇게 똑똑해진 거지?

하지만 아쿠시즈 교단은 아직도 적자구나.

그러고 보니 내가 에리스 교단뿐만 아니라 아쿠시즈 교단에게서도 돈을 받자는 아이디어를 냈었지.

"……그랬구나. 하지만 곧 흑자가 될 거야! 이렇게 손님들로 북적대고 있잖아! 하지만 가난한 아쿠시즈 교단이 용케도 축제 개최 자금을 냈네?"

"그건 내가 냈어. 카오룽즈 히드라를 해치웠을 때 상금이 나왔잖아? 그것과 내 저금통을 털었더니 간신히 되더라. 젤킹을 위한 멋진 우리를 지어주고 싶었지만, 좀 미뤄야 될 것 같아."

"…………그, 그랬구나."

나는 약간의 죄책감과 거북함을 느끼면서 아쿠아의 시선을 피했다.

"왜 그래? 몸이 안 좋으면 회복 마법이라도 걸어줄까? 카즈마 요즘 엄청 바빴잖아. 자, 가만히 있어 봐. 내가 끝내주게 강력한 회복 마법을 걸어줄게."

아쿠아는 그렇게 말하며 미소를 짓더니 나에게 혼신의 힘을 다한 힐을 걸어줬다.

―축제 이틀째가 무사히 끝난 후, 나는 임원 회의실로 향했다.

나는 아쿠아를 보고 깨달았다.

그 녀석은 순수하게 축제를 즐기고 싶을 뿐이다.

그에 비해, 나는 대체 뭐가 하고 싶었던 걸까.

자신의 욕망을 마음껏 드러내며 점원에게 수영복 차림과

코스프레를 하게 했다. 또한 두 교단이 경쟁하게 만들어서 내 보수를 늘리려고 했다.

……결심했다.

지금까지의 일을 아쿠아에게 말한 다음 다른 사람들에게 사과하자. 그리고 어드바이저 따위는 관두고 내일부터 나도 축제를 즐기는 거다.

그렇다. 내일은 축제 사흘째다. 불꽃놀이를 하는 날인 것이다.

메구밍과 함께 불꽃놀이를 보고, 고생하고 있는 다크니스의 푸념을 들어준 후, 아쿠아를 비롯한 다른 이들과 함께 술을 마시자.

나는 그런 생각을 하면서 어드바이저를 사퇴하겠다는 의향을 전하기 위해 회의실을 문을 열었—.

"오오! 어드바이저님, 기다리고 있었습니다!"

"자, 어드바이저님! 상석으로 가시죠!"

나는 회의실 문을 연 자세 그대로 딱딱하게 굳어버렸다.

임원들이 만면에 미소를 지은 채 나에게 상석을 권했지만 나는 그런 걸 신경 쓸 때가 아니었다.

왜냐면 눈앞에 있는 사람들에게 시선이 못 박히고 말았던 것이다.

"안녕하세요, 단골손님! 임원 여러분에게서 손님의 활약상을 들었답니다."

"손님, 항상 고마워요! 손님께서 이번 축제 때 서큐버스 코스프레를 해도 된다는 허가를 받아줬다면서요? 정말 감사합니다!"

그 사람들은 내가 평소 애용하는 서큐버스 서비스의 점원들이었다.

상점가 회장이 딱딱하게 굳어버린 내 등을 떠밀더니 억지로 의자에 앉혔다.

뭐, 뭐랄까, 위험하다. 진짜로 위험하단 말이다.

구체적으로 말하자면, 평소와 다른 복장을 하고 있는 서큐버스들이 어마어마하게 위험했다.

아마 저것이 서큐버스들의 정장이리라. 선정적인 검은색 보디슈트로 몸을 감싼 누님 서큐버스와 로리 서큐버스가 매혹적인 미소를 머금은 채 날 쳐다보고 있었다.

내가 그녀들에게 시선을 빼앗기자 상점가 회장이 내 귀에 살며시 입을 대며 말했다.

"저 두 사람과 면식이 있는 것 같군요. 그녀들은 이 마을에서 조그마한 음식점을 경영하고 있답니다. 상점가의 일원으로서 이번 축제에서도 수영복 차림으로 점원을 맡아줬는데, 저 복장을 해도 된다는 허가를 받아준 어드바이저님에게 답례를 하고 싶대서……."

어, 뭐야. 큰일 났네.

나는 어드바이저를 관두겠다는 소리를 하러 왔다.

아쿠아도 열심히 하고 있단 말이다. 그러니 나도 관두자.

이대로 접대를 받았다간 절대 어드바이저를 관두지 못할 것이다. 정신 차려, 사토 카즈마. 너는 이렇게 쉽게 휘둘리는 남자가 아니잖아?

그래. 이렇게 매혹적인 복장의 서큐버스들에게 답례를 받는다고 해서…….

"그럼 감사의 마음을 담아 저희 둘이 술을 올릴게요. 후훗, 오늘은 돌려보내지 않을 거예요. 부디 손님에게 답례하게 해주세요!"

내가 주저 없이 컵을 움켜쥐자 옆에 있던 누님이 몸을 밀착시키면서 술을 따라줬다.

바로 그때, 회장이 컵을 치켜들며 말했다.

"그럼 어드바이저님의 활약과 매상 증진을 기원하며! 자, 어드바이저님도 한마디 해주시죠!"

나는 자리에서 일어난 뒤 두 서큐버스 사이에 서서 힘찬 목소리로 선언했다.

"다 같이 매상 대박 내서 행복해지죠! 건배!"

""""건배~!""""

제4장 이 밤하늘에 찬란히 빛나는 꽃을!

1

감사제 사흘째.

내가 방에 드러누워 있자 원피스 차림의 메구밍이 어이없다는 목소리로 말했다.

“……외박하고 새벽에야 집에 들어오더니, 이 시간까지 뭐 하고 있는 거죠. 자, 오늘은 저와 불꽃놀이를 보러 가기로 약속했잖아요. 빨리 준비해요!”

어제는 술을 너무 많이 마신 것 같았다.

이 세계에는 음주에 대한 연령 제한이 없기 때문에 나는 술맛이라는 것을 알고 말았다.

“으으, 이 상태로 사람들이 북적이는 곳에 갔다간 아마 이런저런 것들이 입 밖으로 흘러나오고 말 거야…….”

“이 남자 진짜 최악이네요! 여자랑 불꽃놀이를 보러 가기로 약속하면 보통 그 전날에는 술을 자제해야 정상이라고요. 어젯밤에 대체 뭘 한 거예요? 집에 돌아왔을 때는 꽤나 기분이 좋아 보이던데.”

서큐버스 누님과 시시덕거렸어요, 라고는 입이 찢어져도 말할 수 없다.

"다크니스를 불러와……. 그 녀석의 권력으로 불꽃놀이를 내일로 미루자……."

"약속을 깨지 않으려는 그 마음가짐은 멋지지만, 그런 억지를 부렸다간 다크니스가 발광할걸요? 안 그래도 오늘은 아쿠시즈 교도들 때문에 엄청 고생하고 있다구요."

아쿠시즈 교도들 때문에 엄청 고생하고 있다고?

어젯밤에는 꽤 분위기가 좋았는데 대체 무슨 일이 일어난 거지?

내가 그런 생각을 하면서도 축 늘어져 있자, 메구밍은 내가 덮고 있던 이불을 걷은 후 옷을 향해…….

"우왓?! 자, 잠깐만, 뭐하는 거야?! 왜 갑자기 내 옷을 벗기려고 드는 건데?! 너는 때때로 뜻밖의 일을 해서 남을 놀라게 하는 버릇이 있더라?!"

옷이 벗겨질 뻔한 나는 벌떡 몸을 일으켰다.

"제가 이제 와서 카즈마의 알몸을 본다고 당황할 것 같나요? 카오룽즈 히드라와 싸울 때 옷이 다 녹아버린 카즈마도 봤잖아요. 자, 직접 벗기 싫다면 제가 벗겨드리죠."

여자애에게 옷이 벗겨지는 것도 나쁘지 않다는 생각이 들었지만 아쿠아나 다크니스가 그 광경을 보기라도 했다간 난리가 날지도 모른다.

나는 침대에서 나온 후 메구밍의 앞에서 옷을 갈아입었다. 그리고 재빨리 세수를 하고 외출할 채비를 했다.

"……소, 솔직히 말해 제 앞에서 이렇게 당당히 옷을 갈아입을 줄은 몰랐어요."

"내 알몸을 봐도 당황하지 않는다고 네 입으로 그랬잖아. ……휴우, 물을 마셨더니 좀 정신이 드네. 그런데 아까 아쿠시즈 교도들 때문에 다크니스가 고생하고 있다고 했지? 그 녀석들이 대체 무슨 짓을 했는데?"

"어제 아쿠시즈 교단이 운영하는 노점의 평판이 좋았던 건 알고 있죠? 에리스 교도에 비해 상당한 매상을 올린 아쿠시즈 교도들이 우쭐대기 시작했어요. 구체적으로 말하자면, 아쿠시즈 교단이 에리스 교단보다 매상이 좋으니 노점 구역을 더 차지해야겠다며 난리 법석을 떨고 있죠."

어젯밤에 아쿠아가 보여줬던 그 모습은 대체 뭐야.

벌써 본성이 드러나기 시작한 건가?

……아니, 아직 결론을 내리기에는 이르다. 그 녀석은 다시 태어난 것이다.

매미 퇴치 때도 최선을 다했고 어제도 솔직하면서 겸허한 태도를 보였단 말이다.

그렇다. 일부 아쿠시즈 교도들이 폭주하고 있는 게 틀림없다.

하지만—.

"왠지 불길한 예감이 드니까 그쪽은 다크니스에게 맡겨 두자. 응. 오늘은 아쿠시즈 교단의 부스 쪽에는 가지 않을 거야. 우리는 불꽃놀이나 보러 가자고."

"그래요. 모처럼의 여름, 그리고 모처럼의 축제니까 때로는 골치 아픈 일과 거리를 두면서 데이트 비슷한 거나 하죠."

뭔가를 눈치챈 메구밍도 바로 동의했다.

그렇다. 모처럼의 여름 축제인 것이다.

매번 골치 아픈 일에 휘말린 나한테도, 때로는 느긋하게 축제를 즐길 기회가 찾아와도 괜찮을 거다—!

"—뭐, 이럴 줄 알았어."

"왜 멀뚱히 서 있는 거죠? 자, 빨리 가죠."

메구밍이 영문을 모르겠다는 표정을 지으며 상점가 입구에 서서 풀이 죽어 있는 내 손을 잡아끌었다.

"나, 다른 사람이랑 축제나 불꽃놀이를 보러 온 건 처음이야! 저기, 메구밍! 나, 이상하지는 않지?! 일단 신경 써서 준비했어!"

"그 의욕 이외에는 이상한 곳 없어요. 제발 부탁이니까 축제 정도로 너무 흥분하지는 말라고요."

조금 전 메구밍은 데이트 같은 의미심장한 단어를 입에 담았지만 실은 융융도 함께 다니려는 것 같았다.

나는 약속 장소에 나타난 융융과 인사를 나눈 후, 고개를

푹 숙인 채 그 두 사람의 뒤를 졸졸 따라갔…….

"아직 단둘이 있기에는 시간이 이르잖아요. 불꽃놀이가 끝나면 같이 돌아가죠."

메구밍은 내 귓가에 입을 대더니 속삭이는 목소리로 그렇게 말했다.

"나, 예전에는 축제 때마다 집에 틀어박혀 있었어. 그런데 이렇게 축제에 참가하는 날이 오다니, 홍마의 마을을 나오기 정말 잘했어! ……카즈마 씨, 왜 그러세요? 어디 편찮으세요?"

"뭐어엇?! 아아아, 아무것도 아냐! 축제 때문에 흥분했을 뿐이라고! 그런데 융융, 축제 때 밖에 나갔으면 친구가 될 사람과 마주쳤을지도 모르는데 왜 집에 틀어박혀 있었던 거야? 뭐, 상급 은둔형 외톨이인 나는 그 마음도 이해는 돼. 축제 때처럼 사람들로 밖이 북적거릴 때는 외출하지 않는다. 뭐, 그건 이쪽 업계의 상식이지."

메구밍에게 기습을 당한 탓에 패닉 상태에 빠진 나를 본 융융이 의아해하면서 말했다.

"저는 카즈마 씨 같은 은둔형 외톨이가 아니에요. 혼자서 축제에 갔다가 저 이외의 반 친구들이 모여서 놀고 있는 광경을 볼 수도 있잖아요. 그럼 그 애들에게 괜한 부담을 줄지도 몰라요. 같이 가자고 말 안 해서 미안해, 같은 말을 듣는다면 제가 오히려 미안해질 것 같기도 하고요……."

"알았으니까 이제 그만해! 내가 잘못했으니까 아무 말도 하지 마! 오늘은 네 분이 풀릴 때까지 어울려줄게!"

아아, 젠장! 요즘 들어 계속 이러네. 메구밍한테 완전히 주도권을 빼앗긴 것 같잖아.

대체 단둘이 돌아가면서 뭘 어쩔 건데?! 그냥 같이 가기만 하는 건 아니지?! 그 후에 다른 이벤트가 발생하는 거지?

좀 기대해도 괜찮은 거 맞지?

그건 그렇고, 여자는 약았다.

귓가에 한마디 속삭인 것만으로 이렇게 사람을 뒤흔들어 놓는 거냐!

2

과녁 맞추기 가게에서 사격 스킬을 이용해 경품을 휩쓸고 타고난 운으로 제비뽑기 관련 가게도 전멸시켰을 즈음이었다.

"……왠지 카즈마는 배려라는 걸 배우는 편이 좋겠다는 생각이 들어요."

"맞아요. 과녁 맞추기 가게의 언니와 제비뽑기 가게의 아저씨는 울음을 터뜨렸다고요. 오늘은 가게 문을 닫아야겠다면서 말이에요."

나는 홍마족 소녀 두 명과 함께 노점들을 둘러보았다.

"잘 들어. 축제라는 건 원래 점주와의 싸움이야. 내 고국에서는 고가 경품을 제비뽑기의 1등상으로 걸어 놨지만, 제비가 다 팔렸는데도 끝까지 1등상이 나오지 않는 경우도 흔하게 있어. 그 외에도 경품이 걸려서 기뻐하며 집에 가지고 돌아가 보니, 안에 든 것은 이름만 비슷한 가짜인 경우도 있지."

"다음에 카즈마의 고국에 관한 이야기를 제대로 들어보고 싶어요. ……그것보다, 올해 축제는 예전보다 재미있네요. 카즈마가 제안한 가장 퍼레이드였나요? 다들 자기가 좋아하는 복장을 하고 돌아다니고 있어요. 서큐버스와 인큐버스 같은 과격한 코스프레를 한 사람도 있네요. 어쩌면 진짜가 섞여 있을지도 몰라요."

감이 날카로운 메구밍의 말을 듣고 간담이 서늘해진 채 나는 주위를 살펴보았다.

액셀 마을은 평소와 다른 모습을 하고 있었다.

축제가 벌어진 마을 한편에서는 바닐이 가면을 팔고 있었다.

그리고 희희낙락하며 가면을 사는 서큐버스들 사이에 끼여 메구밍도 가면을 골랐다.

바닐은 융융에게 가게 일을 도우라며 끈질기게 매달리고 있었다.

축제의 현장에는 악마들뿐만 아니라 평소 모습을 보이지 않는 수인(獸人)과 귀가 짧은 엘프, 드워프 등 각종 종족이 있었다.

화톳불에 비친 그 몽환적인 광경을 본 순간, 나는 자신이 이세계에 왔다는 사실을 강렬하게 실감했다.

"진짜로 이세계구나……."

나는 무의식적으로 그렇게 중얼거렸다.

"……."

옆에 있던 메구밍은 약간 불안한 얼굴로 그런 나를 지그시 쳐다보더니 뭔가 할 말이 있어 보이는 표정을 지었다.

"왜 그래? 폭렬마법을 못 쓴 날 같은 표정을 짓고 있는데."

"……아무것도 아니에요……."

상대가 마왕군 간부든, 왕녀님이든 가리지 않고 하고 싶은 말을 다 하던 메구밍이 어찌 된 영문인지 말끝을 흐렸다.

언젠가는 이 녀석들에게도 내가 이세계에서 왔다는 사실을 밝혀야만 할까.

그 말을 한다고 해서 뭐가 어떻게 되는 것은 아니며, 뭔가가 바뀌는 것도 아니다.

아쿠아가 여신을 자칭해도 전혀 믿지 않았던 것처럼 내 말도 헛소리 취급할지도 모른다.

요즘 들어 생활이 안정되었기 때문인지도 모르지만 이 세계에 오기 잘했다는 생각이 때때로 들었다.

언젠가 이 녀석들에게 내 고향에 대한 이야기를 해줄까—.

바로 그때였다. 액셀 마을의 저수지 쪽에서 몸속을 뒤흔드는 진동이 느껴졌다.

불꽃놀이가 시작된 것 같았다.

밤하늘에 각양각색의 빛이 흐드러지게 피었고 그때마다 주위에서 탄성이 들려왔다.

밤하늘을 올려다보던 메구밍은 방금까지의 우울한 분위기를 바꾸려는 것처럼 내 손을 움켜쥐더니—.

"카즈마, 우리도 가죠! 빨리 참전하지 않으면 늦을 거예요!"

그런 무드 넘치는 말을—.

"……참전? 어, 자, 잠깐, 잡아당기지 마! 불꽃이라면 여기서도 충분히 보이잖아?!"

"무슨 소리예요. 우린 모험가잖아요. 우리 말고는 이 축제를 지킬 사람이 없단 말이에요!"

너 대체 무슨 소리를 하는 거야?

하지만 목까지 올라온 그 말은 주위의 모험가들을 보자 쏙 들어갔다.

마법사로 보이는 자가 부랴부랴 뛰어가고 있었다.

아까까지 옆에 있던 융융도 마찬가지였다.

"어이, 상황을 설명해줘! 대체 무슨 일이야? 지금 불꽃놀이 하고 있는 거 아냐?! 그런데 왜 다들 허둥지둥 어딘가로 뛰어가냐고!"

내가 메구밍의 뒤를 쫓으면서 그렇게 외치자—.

"벌레예요!"

앞장서서 뛰고 있는 메구밍을 대신해 융융이 대답했다.

"벌레?! 벌레가 왜?! 축제 기간 동안에는 화톳불을 잔뜩 피우니까 벌레가 몰려드는 게 당연한 거 아냐?!"

내 의문에 메구밍이 답했다.

"매년 이 시기에는 이 사태 때문에 벌레 퇴치 의뢰가 들어오는 거예요. 밤이 되면 축제 때문에 피워 둔 화톳불 쪽으로 근처 숲과 평원에서 벌레들이 몰려오죠. 놈들은 마을 상공을 날아다니며 호시탐탐 습격할 기회를 노려요. 그래서 불꽃놀이를 하는 거죠. 그런 녀석들한테 폭발 마법과 작렬 마법을 날릴 수 있으니까요."

으음, 그게 무슨 소리야?

"카즈마 씨의 나라에서 불꽃놀이가 어떤 의미를 지니는지는 모르겠지만……. 이 나라의 불꽃놀이는 몰려든 벌레들에 대한 선전 포고예요."

이래서 나는 이세계가 질색인 거라고!

3

—믿을 수가 없어.

메구밍 녀석, 나중에 단둘이 있자는 달콤한 말을 속삭여서 나를 잔뜩 기대하게 만들어 놓고 불꽃놀이가 시작되자마자 바로 돌격했잖아.

그리고 마을 한가운데에서 폭렬마법을 날리려고 한 바람에 경찰에게 잡히고 말았다.

……그리고 그대로 연행당했다.

그 녀석, 무드를 몰라도 너무 모르는 거 아냐?

여름 축제라는 분위기에 휩쓸려 멋대로 들뜬 내 마음은 어떻게 하냔 말이다.

벌레의 습격을 막아 내고 혼자서 저택으로 돌아간 나는 풀이 죽은 채 방으로 돌아갔다.

하지만 계속 이렇게 풀 죽어 있을 수는 없다.

나는 활을 들고 가지 않았기에 하늘을 날아다니는 벌레를 공격할 수단이 없었다. 그래서 혼자 어슬렁거리다가 크리스에게 잡히고 말았고 급히 어떤 일이 결정됐다.

—나는 검은색 옷을 입은 후, 수상한 가면을 썼다.

이날을 위해 사 둔 마도구를 가방에 넣는 것으로 준비는 끝났다.

그렇다. 그 골 때리는 갑옷에게 복수할 준비가 끝난 것이다.

이번에는 갑옷이 고함을 지를 때에 대비해 어떤 마도구를 준비했다.

자정이 다 되었다.

아쿠아는 축제 뒤풀이라도 하는지 아직 돌아오지 않았지만 다크니스는 아마 잠들었을 것이다.

나는 현관이 아니라 내 방 창문을 통해 집을 빠져나간 후, 크리스와 만나기로 한 장소로 향할 예정이다.

시꺼먼 옷을 입은 데다 가면까지 쓴 상태로 집 안을 돌아다니다가 이 집에 사는 누군가와 마주치기라도 하면 곤란하니까 말이다.

아쿠아는 물론이고, 실상을 알고 있는 다크니스와 마주치면 내가 이 차림으로 뭘 하러 가는지 바로 눈치챌 것이다.

좋아, 가자.

나는 창문 밖으로 밧줄을 늘어뜨린 후, 밖으로—.

"카즈마. 방에 불이 켜져 있는 것 같은데, 아직 안 자는 것이냐?"

—나가려다, 허둥지둥 밧줄을 놓고 창문을 닫았다.

"그그그, 그래! 이제 자려던 참이야!"

그렇게 말하면서 밧줄을 숨긴 나는 문이 잠겨 있다는 사실을 확인하고 안도의 한숨을 내쉬었다.

다크니스가 지금 내 모습을 봤다간 분명 어디에 가는지 캐물을 게 뻔했다.

"그러하냐……. 저기, 미안하지만 잠시 시간을 내주지 않겠느냐?"
솔직히 말해 그럴 여유는 없었지만 다크니스의 목소리 톤이 평소와 달랐다.
"……알았어. 그런데 잠시만 기다려줘. 지금 너한테 보여줄 수 없는 꼴을 하고 있거든."
"뭐?! 아아, 알았다. 괜히 귀찮게 해서 미안하다."
다크니스가 허둥지둥 그렇게 말하자 나는 재빨리 옷을 벗었다.
그리고 옷과 가면, 가방을 벽장 안에 욱여넣었다.
"하아…… 하아……. 기, 기다리게 해서 미안……."
"미, 미안해할 것까지는…… 어이, 옷을 입은 게 아니었던 것이냐?! 뭘 하고 있었던 건지는 묻지 않겠다만, 하다못해 숨이나 좀 골라라!!"
다크니스는 거친 숨을 내쉬는 나를 보더니 볼을 붉히며 고개를 돌렸다.
아차. 팬티 한 장만 걸치고 있잖아.
……어이.
"잠깐만. 딱히 이상한 짓을 하고 있었던 건 아냐! 오해하지 말라고!!"
"아, 알았다! 오, 오해 같은 건 안 할 테니까 옷을 입어라! 그리고, 그런 짓을 했으면 자기 전에 손을 씻어라!"
이 녀석, 역시 오해한 게 분명해!

가능하면 오해를 풀고 싶지만 지금은 그럴 시간이 없었다.

"……뭐, 좋아. 그런데 무슨 일이야? 네가 그런 꼴로 내 방 앞을 어슬렁거리는 모습을 아쿠아가 봤다간 이상한 소문을 퍼뜨릴 텐데."

다크니스는 얇은 네글리제만 걸치고 있어서 솔직히 말해 눈 둘 곳이 없었다.

당장 신기를 탈취하러 가야 하는 상황만 아니라면 뚫어져라 쳐다봤을 것이다.

물론 지금도 뚫어져라 쳐다보고 있지만 말이다.

"저, 저기……. 여기서 이러는 것도 좀 그러니 들어가도 되겠느냐?"

다크니스가 보면 곤란한 것들을 벽장 안에 숨겨 놨기에 가능하면 허락하고 싶지 않았다.

하지만 그런 말을 할 수가 없어서 나는 그대로 방 침대에 걸터앉았다.

"갑자기 무슨 일이야? 내일 아침에 하면 안 되는 거야?"

"그, 그게 말이다! 내일 아침에 이야기해도 괜찮다만……저기……. 요, 요즘 우리 둘 다 바빠서 좀처럼 얼굴을 마주할 기회가 없었지 않느냐."

다크니스는 더듬거리는 말투로 그렇게 말하더니, 안절부절못하며 내 방을 둘러본 후 머뭇거리면서 침대에 걸터앉았다.

크리스가 기다리고 있으니 빨리 볼일을 끝내고 나가줬으

면 좋겠는데 말이다.

우물쭈물하듯 손가락을 꼼지락거리던 다크니스는 각오를 다진 것처럼 고개를 들었다.

"카즈마, 저기, 너한테는……. 사과만 했지, 아직 고맙다는 말을 하지 않았지 않느냐……. 그러니 이렇게 단둘이 있을 때 감사 인사를 하고 싶어서……."

작은 목소리로 그렇게 딱 잘라 말한 다크니스는 진지한 표정으로 나를 지그시 쳐다보았다.

아, 혹시…….

"영주 아저씨한테서 너를 납치한 거 말이야? 그건 내가 멋대로 벌인 짓이니까 고마워할 필요 없어. 너도 우리가 진 빚을 멋대로 대신 갚았지만, 나는 고맙다는 말을 하지 않았잖아?"

나는 다크니스에게 농담조로 그렇게 말했지만 그녀는 납득하지 않은 것 같았다.

이러는 사이에도 크리스는 계속 기다리고 있다.

다크니스는 정말 성가신 여자라니깐. 진짜로 고마워할 필요 없는데 말이야.

내가 머릿속으로 그런 생각을 하며 정신을 다른 데 팔고 있을 때였다.

다크니스는 보기만 해도 가슴이 아파 오는, 금방이라도 울음을 터뜨릴 듯한 얼굴로 나를 향해 미소 지었다.

"너는…… 즐거운 일과 신기한 일, 슬픈 일과 화나는 일 등, 다른 귀족 여성은 느껴보지도 못했을 만큼 많은 추억을 나에게 줬다. 너와 만나지 않았다면 다 같이 여행을 하지도 못했을 테고, 그런 대모험을 해보지도 못했겠지. 너와 함께 보낸 이 1년은 내 인생에서 가장 즐겁고 행복한 시간이었다."

다크니스는 속삭이는 듯한 목소리로 그렇게 말했다.

그리고 뭐라고 대답하면 좋을지 몰라 입을 다물고 있는 내 손을, 양손으로 감싸듯 잡았다.

"그러니 고맙다는 말을 하고 싶었다. 영주에게서 나를 구해준 것 때문에 이러는 게 아니다. 원래 정체를 알면 누구나 다 거리를 두려고 하는 귀족 여성과 함께 있어줘서 고맙다. 너희와 함께 지내는 이 저택은 정말 편안한 곳이다. 마치……. 그래, 얼굴도 모르는 어머님이 살아계셨다면 분명 이런 기분을 맛보았겠지……."

다크니스는 멋쩍어하듯 배시시 웃었다.

"그러니 진심으로 그대에게 감사 인사를 하고 싶어요. 지금까지 함께 있어준, 그리고 내가 포기했을 때조차도 구하러 와준 그대에게……. 진심으로, 감사드려요……."

다크니스는 갑자기 귀족 영애 같은 말투로 그렇게 말하더니 내 손을 부드럽게 감싸 쥐었다.

—너무 긴장된 나머지 심장이 터져버릴 것 같습니다.

뭐야. 왜 갑자기 이런 연애 이벤트가 시작된 거지?

나는 메구밍 루트에 들어간 거 아니었어?

메구밍과 꽤 좋은 분위기가 되어서 루트가 확정된 줄 알았더니, 느닷없이 귀족 영애 루트에 돌입했다.

무슨 소린지 모르겠지만 나도 내가 무슨 소리를 하는 건지 모르겠다.

대체 뭐가 어떻게 된 거야?!

잠깐만, 일단 진정하자. 진정 좀 하라고, 사토 카즈마. 그저 고맙다는 말을 들었을 뿐이잖아. 숫총각도 아니면서 뭘 그렇게 동요하는 거냐고.

아, 맞다! 나는 숫총각이었죠!

그런데 이대로 휘둘리는 건 상식적으로 생각해봐도 좀 아니잖아. 아까까지만 해도 메구밍과 불꽃놀이에 간다고 그렇게 흥분했으면서, 같은 날 다크니스와 이렇게 좋은 분위기가 되다니……. 이래서야 카레기 씨라는 소리를 들어도 부정할 수 없…… 아, 지금 중요한 건 그런 게 아니지!

내가 지금 무슨 생각을 하는 거야. 기다려, 기다려, 아직 당황할 때가 아냐. 상대는 다크니스야, 항상 이상한 소리만 해 대는 다크니스라고, 툭하면 화부터 내고 보는 다크니스잖아. 요전번에도 까딱하면 함께 어른의 계단을 올라갈 뻔했던 다크니스…….

"그러니까, 저기, 오늘 밤은, 말이다. 그러니까…… 답례를……."

얼굴을 붉혔지만 다크니스고, 나를 향해 얼굴을 내밀었지만 다크니스이며, 긴장한 탓에 메마른 입술을 혀로 핥고 있는 사람도 다크니스……. 그래, 상대는 다크니스야! 사토 카즈마, 이렇게 됐으니 남자답게 행동하라고!

이대로 쿨하게 리드하며 멋지게 한마디 해준 후, 그대로 확……!

"시시, 신경 쓰지 마, 메구밍한테서도 다크니스를 구해줘서 고맙다는 말을 단둘이 있을 때 들었고, 아, 아무튼 그러니까, 우, 우리 사이에 그런 걸 신경 쓰지 말라고!"

좋아, 쿨함과는 거리가 좀 멀지도 모르지만, 그래도 자체평가로는 80점은 되겠군. 그럼 이제 그대로 확……!

"……이럴 때 메구밍을 언급하는 것이냐. 정말 멋대가리 없는 남자구나."

하지만 다크니스는 약간 난처한 표정을 지으며 몸을 일으켰다.

"그러고 보니 경찰 측의 연락에 의하면, 메구밍은 오늘 밤 늦게 풀려날 거라고 한다. 그럴 때를 노려 네 방을 찾는 것도 비겁한 짓이긴 하지……."

다크니스는 그렇게 말하면서 나를 향해 몸을 숙였고…….

내 볼에 자신의 입술을 살짝 댔다.

그리고 다시 몸을 펴더니 부끄러워하듯 배시시 웃었다.

"전에 카오룽즈 히드라를 쓰러뜨리면 볼에 키스를 해주겠다는 약속을 했었지? 그 약속은 지켰다. ……영주에게서 나를 구해준 답례는, 언젠가 반드시 하마……!"

다크니스는 몸을 돌리고 허둥지둥 방에서 나갔다.

나는 그런 다크니스의 등을 쳐다보면서 고함을 질렀다.

"이게 뭐야아아아아아아아아아앗! 기다려, 다크니스! 너, 이렇게까지 해 놓고 볼 키스로 끝인 거냐?! 너무하잖아! 메구밍도 그렇고 너도 그렇고, 사람을 잔뜩 기대하게 만들어 놓고 이걸로 끝이야?! 리테이크! 리테이크 하자고! 너라면 할 수 있어! 용기를 내서 한 걸음 더 내디디라고!"

"너라는 녀석은 왜 항상 요 모양 요 꼴인 것이냐! 아까까지의 달콤 쌉싸름한 분위기를 물어내라!!"

4

화난 다크니스가 방으로 돌아가자, 나는 잠이나 자자고

생각하며 이불 안에 들어갔다.

그리고 크리스와 했던 약속을 겨우 떠올린 나는 약속 시간보다 두 시간이나 늦게 약속 장소로 향했다.

약속 장소에 도착해보니 나처럼 복장을 검은색으로 통일하고 마스크로 입가를 가린 크리스가 있었다.

"늦었잖아! 대체 왜 이렇게 늦은 거야?!"

"아, 미안해. 다크니스와 이런저런 일이 있었거든. 그 녀석이 늦은 시간에 그런 옷차림으로 내 방에 올 줄은 몰랐다고……."

"뭐?!"

화를 내던 크리스는 그 자리에서 딱딱하게 굳었다.

"노, 농담하지 마. 그런 말도 안 되는 소리를 해서 내 분노를 가라앉히려는 거지? 그딴 작전은 안 통해. 의미심장한 발언을 하고 있지만, 결국 별일 없었지? 맞지?"

"뭐, 별일 없었어. 다크니스에게 느닷없이 키스를 당한 것 이외에는 말이야."

"뭐?!"

냉정한 척하고 있던 크리스는 갑자기 당황한 목소리로 그렇게 외치며 경악에 찬 표정을 지었다.

여신이라는 사람이 그런 표정을 짓는 것은 좀 그렇지 않냐는 생각이 들었다.

"시간이 없으니까 재미있는 표정 짓지 말고 빨리 가자. 그런 일이 있었던 덕분인지는 모르겠지만, 오늘은 왠지 컨디션이 좋아."

"뭐어어어?! 자, 잠깐만 있어 봐. 너, 키스를 당했으면서 왜 이렇게 차분한 거야?! 거짓말이지? 허세 부리고 있는 거 맞지?!"

어찌 된 영문인지 크리스는 계속 캐물었다.

"진짜야. 못 믿겠으면 다크니스에게 직접 물어봐. 「한밤중에 카즈마의 방에 가서 느닷없이 키스를 했다는 게 사실인가요?」라고 말이야. 하지만 대체 뭐가 어떻게 된 거야? 얼마 전에는 메구밍한테서 좋아한다는 말을 들었어. 게다가 오늘은 불꽃놀이가 끝난 후에 단둘이서 돌아가자고 하지 뭐야. 뭐, 메구밍이 경찰에게 잡혀간 바람에 말짱 꽝이 됐지만 말이야. 두목, 어떻게 하지? 나 어쩌면 이 축제가 끝나기 전에 어른의 계단을 올라갈지도 모르겠어."

"정말?! 그러고 보니 너 얼마 전에 「요즘 들어 메구밍과 꽤 좋은 느낌이고, 다크니스도 나를 의식하고 있는 것 같거든?!」이라고 말했잖아. 어, 잠깐만 있어 봐. 설마 삼각관계야?!"

크리스는 무심코 손으로 입을 가리더니 흥미진진한 눈길로 나를 쳐다보았다.

"우와아……. 다크니스는 대체 언제 그렇게 대담한 애가 된 거람?! 그리고 너, 메구밍한테서도 좋아한다는 말을 들었어? 저기, 어떻게 할 거야?! 누굴 고를 건데?!"

"어이어이, 그렇게 재촉하지 마. 그리고 나도 고민하고 있단 말이야. 지금 상황은 일본의 만화나 소설에 흔히 나오는 패턴이야. 마주친 모든 미소녀에게 사랑받으며, 하렘을 형성하는 전개지. ……하지만 그 두 사람은 겉모습이야 좋지만 알맹이가 문제거든. 이 흐름으로 가다간 앞으로도 다양한 여성과 플래그가 설 것 같으니, 결론을 서둘러 낼 필요는 없다고 생각해. 저기, 내가 어떻게 하면 좋을까?"

"죽어버리면 좋을 거라고 생각해. ……하지만 놀랐어. 다들 대체 어느새 그런 사이가 된 거야……?"

여신이라 연애 이야기에 면역이 없는 건지, 아니면 절친인 다크니스가 자신보다 먼저 어른의 계단을 오를 것 같다는 사실에 충격을 받은 건지는 모르겠지만, 크리스는 비틀거리며 나를 따라왔다. 나는 그런 크리스를 데리고 언다인 가문의 저택으로 향했다.

오늘은 하늘에 구름도 없고 아름다운 보름달이 떠 있었다.

사실 오늘 도둑질을 하기로 한 것에는 이유가 있었다.

일전에 도둑질에 실패했으니 상대는 분명 경계하고 있을 것이다.

하지만 축제 기간 중에는 분명 상대도 다소 방심하리라.

게다가 오늘 밤에는 불꽃놀이 행사가 있었다.

마을을 지키는 것은 귀족의 의무라서 이 저택의 수위들도 아까 벌어졌던 방어전에 참가했다.

그렇다면 분명 지쳤을 것이다. 게다가 1년에 딱 한 번 열리는 축제 기간이라 그런지, 이런 늦은 시간에도 마을 곳곳에서 술주정뱅이가 떠들어 대고 있었다.

갑옷이 고함을 지를 때에 대비한 방비책은 준비했지만, 만일 그게 실패해서 쫓길 경우에는 검은 옷과 가면을 벗어던지고 근처에 있는 술주정뱅이 사이에 섞이면 된다.

—이윽고 언다인 저택에 도착해보니 일전에 우리가 침입했던 뒷문은 완전히 봉쇄되어 있었고, 정문 쪽에는 보초가 두 명이나 서 있었다.

크리스의 이야기에 따르면 저번 침입 이후로 밤새도록 보초를 세운다고 한다.

"자, 조수 군. 어떻게 할까? 이 저택은 왕성처럼 넓지 않으니까 보초가 있으면 침입하기 힘들 거야."

"어떻게 하죠? 보초들의 주의를 다른 곳으로 돌린 후 침입하고 싶은데……."

우리가 멀찍이서 저택을 관찰하며 고민하고 있을 때였다.

"저, 저기……. 혹시 두 분은 은발도적단 아니신가요?"

느닷없이 등 뒤에서 목소리가 들려오자 우리는 화들짝 놀라며 그쪽을 돌아보았다.

"처처처, 처음 뵙겠습니다! 아, 실은 처음 뵙는 건 아니에요! 두 분과는 일전에 왕성에서 마주친 적이 있거든요…….

저는 당신들의 팬을 자처하고 있는 아크 위저드, 메구밍이라고 해요!"

그 목소리의 주인은 바로 경찰에게 끌려갔던 메구밍이었다.

5

진짜로, 어쩌다 이렇게 된 걸까.

"이야, 우리도 유명해졌네! 뭐, 2억 에리스나 되는 현상금이 걸렸으니 당연하겠지!!"

메구밍이 팬을 자처하자 크리스는 부끄러워하면서도 기뻐했다.

지금이 기뻐할 때냐, 하고 태클을 걸고 싶었지만 지금은 무난하게 사태를 수습해야 했다.

나도 크리스도 일단 목소리를 바꾸기는 했으나 우리를 아는 사람이라면 바로 눈치챌 것이다.

하지만 아까부터 흥분을 감추지 못하던 메구밍은—.

"현상금이 걸릴 정도의 도적단이라니, 정말 엄청나네요! 그러고 보니 물어보고 싶은 것이 있어요. 두 분이 왕성에 숨어든 건, 왕녀님이 위험한 신기를 소지하고 있다는 걸 알고 보호하기 위해 그런 건가요?!"

"으, 응. 맞아. 우리는 세간에 알려진 대로 의적이라 평소에는 서민의 편을 들지만, 왕녀라고 해도 어린 소녀가 위험에 처했다는 사실을 알고서 가만히 있을 수는 없었지. 곤경에 처한 사람이 있다면 설령 그곳이 귀족의 저택이든, 왕성이든, 그 어디든 숨어들어. 그게 우리들, 가면도적단이야."

"우와아아아아아아……!"

내가 메구밍에게서 선망에 찬 눈길을 받으며 우쭐하고 있을 때였다.

"저, 저기, 조수 군. 우리는 은발도적단 아니었어?! 이럴 때만 정말 약았다니깐! 두목은 나잖아?!"

"두목이야말로 무슨 소리를 하는 거예요. 왕성에서 일이 커지려고 할 때, 내가 더 머리가 좋으니 가면도적단으로 하자고 했었잖아요!"

눈을 반짝이고 있는 메구밍에게서 고개를 돌린 우리가 소곤거리고 있을 때였다.

"그런데 두 분은 이런 데서 뭘 하고 있는 거죠? 저긴 귀족의 집이죠? ……게다가 그다지 평판이 좋지 않은……."

메구밍은 그렇게 말하더니 기대에 찬 눈길로 우리를 쳐다보았다.

나와 크리스는 서로를 쳐다본 후 살며시 고개를 끄덕였다.

"메구밍……이라고 했지? 사실 우리는 저 저택에 잠들어 있는 어떤 물건을 노리고 있어. 그건 인류의 미래를 위해 필요한 거야. 도둑질이라는 행위 자체는 칭찬받을 만한 게 아니야. 하지만…… 하지만 이건 우리 목에 현상금이 걸리더라도 반드시 해내야만 하는 일이야."

"우와……. 우와아아아아아……!"

메구밍은 마치 영웅이라도 보는 눈길로 우리를 우러러보았다.

"맞아. 그러니까 우리는 지금부터 저 저택에 도둑질을 하러 갈 거야. 그리고 마왕군을 쓰러뜨릴 비장의 카드 중 하나를 손에 넣고 말겠어. 네가 경찰에 신고하겠다면 말리지 않겠지만……. 그래도 믿어줬으면 해. 이건 인류를 위한 일이야!"

"믿어요! 믿고말고요! 그리고 신고도 안 할 거예요! ……저기, 그 대신은 아니지만, 부탁이 있어요."

메구밍은 부끄러운지 몸을 배배 꼬더니…….

"이걸 읽어주세요! 두 분이 얼마나 멋진지, 얼마나 매력적인지를 담은 팬레터예요! 언젠가 또 만나게 된다면 전해드리려고 소중히 간직해 왔어요!!"

메구밍은 고개를 푹 숙이면서 한 통의 편지를 내밀었다.

그러고 보니 메구밍은 왕도에서 돌아오는 길에, 언젠가 은발도적단을 만나게 되면 건네주겠다며 뭔가를 쓰고 있었다.

하지만 이렇게 편지를 받으려니 가슴이 뛰었다.

물론 메구밍에게 있어서는 동경하는 영웅에게 편지를 건넬 뿐이겠지만 왠지 러브 레터를 받는 기분이었다.

나는 편지를 받으려 했지만—.

"고마워. 이 일을 끝낸 후에 꼭 읽어볼게."

크리스가 옆에서 편지를 가로챘다.

"두목, 뭐하는 거예요?! 이건 나한테 준 거라고요!"

"무슨 소리야! 메구밍은 은발도적단에게 팬레터를 쓴 거야! 네가 아니라 우리 두 사람에게 보낸 편지니까 두목이 받아야지!"

우리가 편지를 차지하기 위해 다투기 시작하자 메구밍은 또 고개를 숙였다.

"받아줘서 고마워요. 오늘은 불꽃놀이가 끝난 후에 하려고 했던 일들을 다 망쳐버려서 좀 침울했는데……. 그 대신 두 분을 만났으니 나쁘지만은 않네요."

그리고 순수한 미소를 지으며 그렇게 말했다.

6

"두목, 정체가 들키지 않아서 다행이네요. 그런데 이런 시간에 딱 마주치다니, 운이 좋은 건지 나쁜 건지 모르겠어요."

"너와 내가 같이 있으니 운이 나쁠 리가 없어. 이렇게 팬레터도 받았잖아."

「뭐라도 도와드리고 싶지만, 빨리 돌아가서 사과해야 하는 사람이 있어서……」라고 말한 메구밍은, 작별을 고하고 돌아가면서도 걱정스러운 눈길로 우리를 쳐다보며 몇 번이나 손을 흔들었다.

사과해야만 하는 사람은 분명 나일 것이다.

"두목, 역시 오늘은 그냥 돌아가면 안 될까요? 지금 돌아가면 메구밍 이벤트가 발생할 것 같거든요."

"안 돼. 오늘은 여러 가지 의미에서 저 저택에 침입하기 딱 좋은 날이거든! 그리고 메구밍 이벤트가 뭔데?! 하다못해 다크니스와 메구밍 중에 한 명을 골라!"

어쩔 수 없다. 이렇게 되면 빨리 일을 끝내고 돌아가야겠다.

바로 그때, 크리스가 메구밍에게서 받은 팬레터를 품속에 넣는 모습이 눈에 들어왔다.

"……두목, 이 일을 끝낸 후에 그 팬레터의 소유권을 걸고 승부하죠."

"좋아. 승부는 공평하게 가위바위보로 하자."

"운에 좌우되는 승부는 안 할 거예요!"

—예상치 못한 일이 벌어지기는 했지만 덕분에 서둘러 집으로 돌아가야 할 이유가 생겼다.

그러니 빨리 결판을 내자.

"일단 보초를 제압하죠. 오늘은 컨디션이 좋으니까 두 명 정도는 순식간에 해치울 수 있을 것 같아요."

두 사람과 좋은 분위기가 된 덕분에 평소보다 힘이 샘솟는 걸까.

“너 혹시 마족이야? 왕성에 침입했을 때도 의욕이 넘쳤잖아. 너는 한밤중이 되면 기운이 넘치네.”

“그렇게 치면 일본에 있는 백수는 대부분 마족일걸요? 그럼 보초들이 눈치채지 못하도록 조심하면서 가능한 한 접근할 거니까 두목도 잠복 스킬을 쓰세요. 오늘 밤은 보름달인 데다, 축제 기간 동안에는 밤새도록 화톳불을 피우니까 평소보다 주위가 밝아요. 그러니 조심하죠.”

나와 크리스는 잠복 스킬을 사용한 채 닌자처럼 벽에 찰싹 붙어서 살금살금 보초들에게 접근했다.

수위 두 사람은 딱히 긴장한 기색도 없이 잡담을 나누고 있었다.

아무래도 기습이 가능할 것 같았다.

나는 냉정하게 타이밍을 재기 위해 두 사람의 대화에 귀를 기울었다.

“그런데 이번 축제는 진짜 최고였어! 예전보다 훨씬 화려했잖아. 아쿠시즈 교단 만만세라니깐. 대체 점원들에게 수영복을 입힌다는 발상은 어느 천재의 머리에서 나온 거야?”

“서큐버스 코스프레가 가능하다는 것도 좋았지. 나, 엄청난 애를 봤다니깐. 이번 축제는 정말 끝내줬어. 참, 이번 축제를 배후에서 조종한 사람이 있다던걸?”

어이쿠, 그 사람이라면 이 몸을 말하는 것이겠구먼요.

하지만 이런 귀족 저택의 보초들 사이에서도 화제가 된

걸 보니 내 평판은 꽤나 좋은 것 같았다.

“그 조종자라면 그 녀석 말하는 거지? 에리스 교단과 아쿠시즈 교단을 경쟁시켜서 축제 분위기를 띄운 다음 보수를 잔뜩 뜯어내자는 악랄한 작전을 짠 녀석 말이야.”

“그래. 아쿠시즈 교도를 부추긴 것도, 서큐버스 코스프레도, 점원 수영복 착용 계획도, 그 녀석의 머리에서 나온 것 같아. 아마 이름이—.”

나는 그림자 밖으로 뛰쳐나갔다.

두 사람은 내 존재를 눈치채더니 허둥지둥 허리에 찬 검을 향해 손을—.

“『더블 드레인 터치』!”

나는 양손을 그 두 사람의 입에 댄 채 드레인 터치로 마력을 흡수했다.

그리고 크리스 앞에서 당치도 않은 소리를 지껄이려고 한 병사를 순식간에 입 다물게 만들었다.

“저, 저기, 조수 군. 너무 무모한 짓 하지 마! 기습에 성공해서 다행이지만, 까딱 잘못했으면 고함을 질렀을 거야!”

“컨디션이 끝내주는 나라면 충분히 해낼 수 있을 거라고 판단했어요. 실제로도 성공했잖아요? 걱정하지 말고 나한테 맡겨줘요.”

실은 꽤 위험했다.

보초들이 잠시만 더 지껄이게 뒀다간, 진짜로 천벌을 받았을지도 모른다.

크리스는 마력이 바닥나서 기절한 수위들을 수풀 안으로 옮기며 말했다.

"뭐, 결과적으로는 잘됐지만 무모한 짓은 하지 마. 아까 마을에 쳐들어온 벌레들과 싸우느라 이곳의 병사들도 지쳤을 테니 방심하고 있을 거야. 이런 찬스는 두 번 다시 없을지도 몰라."

"알아요. 그럼 빨리 가죠. 나는 빨리 돌아가서 메구밍과 러브러브 해야 하거든요."

"너, 아까 오기 전에 다크니스와 좋은 분위기였다고 했지? 머지않아 칼에 찔릴지도 모르겠네. 그런 식으로 죽는다면 부활을 허락해주지 않을 거야."

그런 불안한 소리는 하지 말았으면 한다.

하지만 괜찮다. 나는 딱히 그 두 사람에게 사귀자는 말을 듣지는 않았다.

그러니 내가 누구와 무슨 짓을 하든 불평을 들을 이유가 없는 것이다.

"그런데 아까 수위가 한 말이 좀 신경 쓰이네……. 이 축제를 배후에서 조종하고 있는 녀석이 있다는 얘기 말이야. 조수 군은 아는 거 없어?"

"어, 없어요……."

……다른 이유 때문에라도 빨리 이 일을 끝내야 할 것 같았다.

—언다인 저택에 침입한 우리는 이번에도 순조롭게 나아갔다.

두 번째 침입이라 저택 내부를 파악하고 있는 것도 순조로운 이유 중 하나였다.

하지만 아무런 문제도 발생하지 않는 것은 역시 행운의 여신이 나와 함께하고 있다는 게 가장 큰 이유일 것이다.

이제 와서 이런 생각을 해 봤자 부질없지만, 어쩌면 왕성에 침입했을 때 내가 보물고에서 경보를 작동시키지만 않았으면 아무에게도 들키지 않고 목적을 달성했을지도 모른다.

이윽고 일전에 왔던 보물고에 도착한 우리는 비밀 통로 앞에서 서로를 쳐다보며 고개를 끄덕였다.

나는 호주머니에서 이번 작전의 키 아이템을 꺼낸 후 비밀문을 밀었다.

아이기스가 고함을 지르지 못하도록, 안에 들어가자마자 바닥을 향해 마도구점에서 산 결정체를 내던졌다.

결정체가 깨진 순간, 방 안에 특수한 결계가 쳐졌다.

방금 던진 것은 위즈의 가게가 아니라 다른 마도구점에서 산 평범한 마도구다.

그것은 단시간 동안 미약한 결계를 발생시키는 마법 결정이었다.

이제 아이기스가 염화(念話)를 통해 고함을 질러 봤자 방 밖으로 흘러나가지 않을 것이다.

그 뒤를 이어 크리스가 가방을 열더니 약한 마법을 차단하는 효과를 지닌 보자기를 꺼냈다. 이것도 마도구점에서 산 것이다.

이것으로 아이기스를 감싸면 염화 자체를 할 수 없다.

《누가 느닷없이 나를 찾아왔나 했더니, 저번의 그 좀도둑들이냐! 질리지도 않고 또 숨어들다니, 용서 못한다! 다들 나와서 좀도둑들을 잡아라~!!》

아이기스는 우리를 보자마자 고함을 질렀다.

나는 그 고함을 무시하며 아이기스를 묶고 있는 사슬을 벗기려 했다.

《어이, 뭐하는 거냐. 이런 짓이나 할 여유가 있는 거야?! 이 저택의 주인은 귀족이라고. 잡히면 바로 목이 달아날걸? ……어, 저택 안이 조용하네. 뭐가 어떻게 된 거야?》

"흥. 아무런 대책도 없이 어슬렁어슬렁 여기에 왔을 리가 없잖아? 네 사념은 저택 사람들에게 전해지지 않아. 아쉽게 됐네!"

나는 아이기스를 묶고 있는 사슬을 풀면서 저번에 당한 걸 갚아주려는 것처럼 마구 놀려 댔다.

《대체 뭘 한 거야?! 자, 잠깐만, 아, 알았어! 거래를 하자!

거래를 하자고!! 너희는 내 힘이 필요한 거지?! 그럼 나에게 걸맞은 소유자를 찾아줘. 그러면 협력해줄게! 조건도 약간 낮출 테니까 그렇게 해달라고! 부탁이야!!》

건방진 태도를 취하던 아이기스는 필사적인 목소리로 애원했다.

나는 그런 아이기스를 묶고 있던 사슬을 한 개 더 걷어내면서 말했다.

"그 소리는 우리가 처음 왔을 때 했어야 했어! 바보 멍청아~, 네 소유주는 남자로 결정됐다고! 우락부락 근육질에 진땀을 잔뜩 흘리는 아저씨한테 줄 거니까 각오해!!"

《이 자식아, 헛소리하지 마! 어이, 그만해! 네가 내 입장에서 한번 생각해봐! 응?! 너도 땀내 풀풀 나는 아저씨가 자기를 착용하는 건 싫지? 이왕 지킬 거면 귀여운 여자애를 지키고 싶지 않아?!》

"그 말에는 완전 동의하지만, 나는 너 때문에 호된 꼴을 당했거든. 순순히 네 요구를 들어줄 거라고 생각하지 마, 이 바보 멍청아!"

"조, 조수 군, 전에 저 애와 싸웠던 내가 할 말은 아니지만, 상대는 갑옷인데 너무 어른스럽지 못한 거 아냐……?"

내가 일전의 크리스처럼 무기물을 상대로 말싸움을 벌이자 보자기를 펼치던 크리스가 약간 질린 목소리로 그렇게 말했다.

《아아아아아아아아! 싫어, 싫다고오오오! 여자! 여자가 좋단 말이야! 흑발 미소녀든, 금발 로리든, 적발 섹시녀든, 이렇게 되면 아무라도 좋으니까 여자기만 하면 돼! 인마! 나를 입고 싸우다 보면 필연적으로 땀을 흘린다고! 땀범벅이 된 사내자식의 몸을 감싸고 있는 내 심정을 생각해보란 말이야!》

아이기스가 비통한 목소리로 울부짖자 나는 약간 동정했다.

땀범벅이 된 우락부락한 거한을 지키기 위해 그 몸을 감싸야 한다니, 무시무시한 벌칙이지만…….

"이제 그만 포기해. 참고로 우리가 이곳을 나갈 때 고함을 질러봤자 소용없어. 크리스가 저기에 펼쳐 둔 건 미약한 마법을 차단하는 보자기야. 이걸로 너를 감싼 후 들고 갈 거라고. 그리고 너 말이야, 무기물 주제에 주문이 너무 많아. 억지 좀 그만……."

내가 아이기스를 묶고 있던 마지막 사슬을 걷어 내며 그렇게 말한 순간이었다.

《우랴앗!》

그런 소리가 들린 순간, 나는 턱에 충격을 받고 그대로 눈이 풀렸다.

"조, 조수 군?! 자, 잠깐만?! 너, 어떻게 움직이는 거야?!"

크리스의 말을 들으며 머리를 움켜쥔 내가 어떻게든 상황을 이해하기 위해 아이기스를 쳐다보니—.

《결심했어. 나는 여행을 떠날 거야. 나를 걸칠 미녀를 찾기 위해 여행을 떠나겠다고. 이 저택에서 메이드에게 매일같이 왁스칠을 당하는 생활도 나쁘지 않지만, 너희 같은 녀석들이 또 올지도 모르잖아. 그러니까 나는 나에게 걸맞은 주인을 직접 찾겠어.》

사슬에서 풀려나 자유를 되찾은 아이기스가 경쾌하게 섀도복싱을 하고 있는 광경이 눈에 들어왔다.

크리스는 정신 나간 소리를 지껄이고 있는 아이기스에게 필사적인 목소리로 부탁했다.

"기, 기다려, 아이기스! 이 세계엔 네 힘이 필요해! 정 그렇다면 새로운 주인을 찾을 때까지 내가 너를 입을 테니까……."

《Fuck~! 남자인지 여자인지 분간이 안 되는 도적 따위가 나를 걸쳐 봤자 전혀 기쁘지 않다고! 내가 직접 내 주인을 찾겠다고 아까도 말했잖아! ……뭣하면 나와의 상성 체크라도 할래? ……흠흠, 얼굴 A랭크, 직업 적성 C랭크, 가슴 랭크는 체크할 가치도 없구먼요. 유감이지만 저와는 인연이 아닌 걸로…….》

"이익~! 내가 저자세로 나가니 완전 기어오르네! 이렇게 되면 힘으로 내 뜻에 따르게 만들어주겠어! 『바인드』!!!!!"

크리스는 뚜껑이 열렸는지 허리에 두른 와이어를 집어던졌다.

철제 와이어는 그대로 아이기스의 자유를 빼앗—!

《어, 이 와이어로 뭘 어쩔 건데? 이걸로 꽁꽁 묶어주기를

원하는 겁니까? 흐음, 반반한 얼굴과 달리 취향 한번 고상하네!》

—으려고 하지 않았다.

크리스가 던진 와이어는 그대로 바닥에 툭 떨어졌다.

아이기스는 양손을 들며 어깨를 으쓱거리는 포즈를 취하더니 딱딱하게 굳어버린 크리스를 도발했다.

"『바인드』!!!!"

크리스에 이어 나도 구속 스킬을 펼쳤지만 내가 던진 와이어도 바닥에 떨어졌다.

《안 통하는 걸 뻔히 봐 놓고 또 그딴 걸 던지냐? 하아, 아직도 모르겠어? 나를 뭐로 보는 거야? 전설급 갑옷 아이기스 님이거든요? 이 세상에서 가장 튼튼하고, 마법도 통하지 않으며, 스킬도 먹히지 않고, 소유자가 입은 상처도 자동으로 치유해주는 데다, 노래하고 춤도 추는 갑옷이라고. 너희 같은 좀도둑한테 내가 질 리가 없단 말이다~!!》

이 녀석!

"두목, 스킬은 통하지 않는 것 같지만, 쇠사슬에 묶여 있었던 걸 보면 이 녀석의 완력은 센 편이 아닐 거예요! 우리 둘이 힘을 합치면 꼼짝 못하게 제압할 수 있어요!"

"그, 그래! 내가 오른쪽에서 달려들 테니까, 조수 군은 왼쪽으로 가!"

아이기스는 우리의 말을 듣더니 가라테 자세 같은 포즈를 취했다.

《어라, 더 해보려고? 내 주먹은 말 그대로 철권이거든? 나는 그야말로 전, 신, 흉, 기, 라고!》

"거 되게 시끄럽네! 작작 좀 떠들어! 갑옷 주제에 말이 너무 많잖아! 우랴아아아앗!"

"좋아, 잡았어!"

동시에 몸을 날린 나와 크리스가 아이기스의 몸통을 움켜잡았다.

"두목, 이대로 팔을 뽑아버리죠! 분해한 후에 가방에 넣어버리는 거예요! 너무 시끄러우면 투구는 이 방에 두고 가고요!"

《어이, 흉흉한 소리 하지 마. 이음매 하나 없는 마이 보디를 분해하는 건 불가능해. 주인님이 갑옷을 장착할 때도 키워드를 외치면 자동으로 장착되지. 나를 옮기고 싶다면 그냥 걸치는 편이 나을걸? 갑옷을 장착하는 키워드는 『나, 갑옷 소녀가 되겠어!』다. 자, 외쳐봐.》

"나, 『나, 갑옷 소녀가……』."

"두목, 진짜 그런 얼간이 같은 키워드일 리가 없잖아요! 속지 말라고요! 어, 이, 이 자식, 의외로 힘이 세잖아……!"

아이기스는 두 팔을 잡은 우리를 질질 끌면서 방에서 나가려고—!

"두목, 위험해요! 방 밖에서는 소음이 차단되지 않는다고요!"

"이익, 저, 적당히 해, 아이기스! 저는 에리스. 이 세계를 관리하는 여신 에리스에요. 저에게는 당신을 관리할 의무가 있어요. 자, 순순히 저를 따라 오세요!"

《오오, 그러십니까. ……반반한 얼굴이 아깝네. 역시 인간은 겉모습뿐만 아니라 알맹이도 중요하지. 주인님을 찾으러 다닐 때는 그 점도 신경 써야겠어.》

"뭐어어어어어어어어?!"

자신이 여신이라는 걸 아이기스가 믿어주지 않자 크리스는 분노를 터뜨렸지만―.

《자, 아무래도 너희와는 이쯤에서 작별해야 될 것 같군. 그렇게 나를 가지고 싶다면 남자를 붙잡을 수 있을 정도의 매력을 손에 넣으라고, 아가씨. 구체적으로 말하자면 가슴을 키우라는 거지. 절벽 가슴은 스테이터스라고 지껄이는 놈들도 있지만, 내 입장에서 보자면 그건 패배자들의 헛소리나 다름없어.》

"꺄아!"

그 말을 듣고 얼굴을 새빨갛게 붉힌 크리스는 아이기스의 팔에 매달렸다. 하지만 아이기스는 우리를 질질 끌면서 비밀 문 밖으로 나갔다.

《세계적인 보물인 나를 지키지 못한 언다인 가문 사람들, 너희에게는 오랫동안 신세를 졌다! 미안하지만 나는 지금부터 나에게 걸맞은 주인을 찾기 위해 여행을 떠날 거다. 나를 또 손에 넣고 싶다면 끝내주는 미소녀를 준비하도록! 그

럼 나도 돌아오마!》

아이기스가 머리가 아플 정도로 강렬한 사념을 저택 전체를 향해 뿜더니―.

《끼얏호~! 나는 자유야! 그래, 나는 완벽한 자유라고! 나, 오늘부터 새가 될래! 아이기스 킥~!!》

우리를 뿌리친 아이기스는 보물고를 뛰쳐나가더니, 이곳이 3층 높이인데도 불구하고 창문을 향해 날아 차기를 날리며 그대로 탈출했다.

그와 동시에 저택 곳곳에 불이 켜지고 고함 소리가 들려왔다.

아무래도 방금 그 소동 때문에 저택 사람들이 잠에서 깬 것 같았다.

"무슨 일이냐?! 또 도적이 침입한 것이냐?!"

"방금 그건 성개 아이기스의 목소리입니다! 보물고에 가서 무사한지 확인해보죠!"

큰일 났다! 누군가가 이곳으로 다가오는 소리가 들려!

저번에 잠입했을 때는 커튼을 찢어 밧줄 대용으로 삼으며 보물고 앞의 창문을 통해 탈출했다.

하지만 그것을 방지하기 위해서인지 아니면 아직 새 커튼을 설치하지 않은 것인지는 모르겠지만 창문에는 커튼이 없었다.

"두목, 위험해요. 여기는 3층이라 탈출 경로가 없어요. 이렇게 되면 저기 있는 기둥에 두목이 가지고 있는 바인드용 와이어를 묶은 후, 그걸 이용해 내려가죠!"

"저기, 조수 군도 허리에 와이어를 두르고 있잖아! 그걸 쓰면 되지 않아?!"

"제 와이어는 거금을 들여 만든 특별 주문품이니까 추적 당할 수도 있다고요!"

이렇게 되면 어쩔 수 없다. 왕성 때처럼 강행 돌파하는 수밖에 없나?

"두목, 각오를 다지세요. 오래간만에 온 힘을 다할게요."

나는 그렇게 말하면서 숨을 골랐다.

"아직 당황할 필요 없어. 어떻게든 될 테니까 걱정하지 마. 내가 누구인지 잊은 거야? 행운을 관장하는 여신이란 말이야."

그리고 크리스가 장난기 어린 표정으로 미소를 지은 바로 그 순간이었다.

창밖이 환해지더니 그와 동시에 언다인 저택의 창문이란 창문이 전부 깨졌다.

깨진 유리가 사방으로 흩날리는 가운데, 이 마을의 주민이라면 이미 익숙한 굉음이 한여름 밤을 뒤흔들었다.

7

—이건 전부 그 빌어먹을 갑옷 탓이다.

"카즈마, 나와라! 순순히 나오면 설교만으로 봐주겠다!"

방 밖에서는 분노한 다크니스가 문을 걷어차고 있었다.

"체면 좀 생각하세요, 아가씨! 귀족 영애답게 좀 조신하게 행동하시는 건 어떠신가요?!"

나는 문이 박살 나는 것을 저지하기 위해 온몸으로 문을 밀면서 방 밖을 향해 필사적으로 고함을 질렀다.

"이럴 때만 귀족 영애 대접을 하지 마라! 카즈마, 빨리 나와서 제대로 설명해봐라! 안 그러면 여기 있는 크리스가 네 몫까지 호된 꼴을 당할 거다!"

"조수 군, 구해줘!!"

문 너머에서 크리스의 목소리가 들려왔다.

하지만—.

"다크니스, 미안하지만 나한테는 그 수법이 통하지 않아. 방금 그건 크리스의 목소리가 맞아. 하지만 내가 신뢰해 마지않는 두목이 이렇게 간단히 잡힐 리가 없어. 아쿠아한테 성대모사 마법을 걸어달라고 했지? 내 추리 실력을 얕보지 마. 방금 그 목소리는 다크니스, 네 목소리야!"

"아냐, 조수 군! 지금 무슨 소리를 하는 거야?! 방금 그 추리는 얕볼 가치도 없을 만큼 완전 꽝이야!!"

내가 완벽한 추리를 선보이자 크리스의 비통한 목소리가 들려왔다.

나는 현재 어느 여관에 틀어박혀 있었다.

아이기스에게 한 방 먹은 후, 폭발 때문에 당황한 고용인들을 따돌린 나와 크리스는 마을 안에서 실컷 쫓긴 끝에 적당한 여관에 숨었지만…….

문 너머에서 다크니스의 목소리가 또 들렸다.

"카즈마, 헛소리하지 말고 빨리 나와라! 지금 이곳에는 나와 크리스만 있다. 경찰도 없고, 언다인 가문의 사람도 없어! 자, 네 두목이 호된 꼴을 당하게 그냥 둘 것이냐?"

나는 말했다.

"좋을 대로 하세요."

"배신자~! 저기, 다크니스! 이 밧줄 좀 풀어! 나도 도와줄 테니까 조수 군을 방에서 끌어내자!"

"너, 너희는 정말……!"

—한 시간 후.

방문을 걷어차서 박살 낸 다크니스에게 제압당한 나는 상반신이 밧줄에 꽁꽁 묶인 크리스와 함께 무릎을 꿇고 있었다.

"그런데 왜 이런 짓을 벌인 것이냐. 전에 내가 너희에게 말했을 텐데? 제대로 설명만 해준다면 내가 도와주겠다고 말이다. 하아, 너희가 언다인 가문 사람들에게 목격당한 탓에 이 마을의 모험가들을 비롯해 많은 이들이 너희에게 걸린 현상금을 손에 넣기 위해 눈에 불을 켜고 돌아다니고 있단 말이다."

다크니스는 자초지종을 얼추 듣더니 두통을 참듯 관자놀이를 누르면서 한숨을 내쉬었다.

밧줄에 꽁꽁 묶인 나는 옆에 있는 크리스를 향해 턱짓을 하면서 말했다.

"나는 「상대가 귀족이라면 다크니스에게 도움을 청해보는 게 어때?」라고 말했어. 더스티네스 가문의 권력으로 압박해서 넘겨받자고 말이야. 그런데 두목이……."

"아앗?! 조수 군이 확실히 그렇게 말하기는 했어! 하지만 다크니스! 그 귀족은 신기를 비합법적인 수단으로 손에 넣은 것 같은 데다 평판도 좋지 않아! 그래서 분명 시치미를 뗄 거라고 생각했어! 게다가 다크니스는 영주 업무 때문에 바쁜 것 같았단 말이야!"

다크니스는 땅이 꺼져라 한숨을 내쉬었다.

"아무리 바쁘다고 해도 너희가 범죄를 저지르게 할 바에야 시간을 냈을 거다. 그리고 설령 그게 비합법적인 수단으로 손에 넣은 것일지라도, 귀족에게는 귀족 나름의 방식이 있지. 상대에게 그것 이상의 대가를 치른다면, 이해타산이 빠른 귀족은 바로 넘어왔을 거다. 그런데……!"

"아야야야앗! 다크니스, 그만해! 잘못했어! 다음부터는 다크니스에게 이야기한 후에 도둑질할게~!"

"도둑질을 하지 않는다는 선택지는 없는 것이냐! 그리고 내가 가장 화나는 건 말이다!"

분노를 터뜨리며 크리스의 두 관자놀이에 주먹을 대고 힘껏 누르던 다크니스는 나를 노려보면서 외쳤다.

"어제 나와 그런 일이 있은 다음, 어슬렁어슬렁 기어 나가서 이딴 짓을 했다는 게 가장 용서가 안 된다! 너 이 자식, 갈등 같은 거라도 하면 덧나는 것이냐?! 네 방을 나선 다음, 직전에 했던 행동들을 떠올린 내가 부끄러운 나머지 얼마나 수치심에 떨었는지 알기는 하냐 말이다……!"

"끄아아아아아아아아아! 깨져, 깨져, 머리가 깨지겠다고! 미안, 미안해! 잘못했어! 하지만 그렇게 부끄러우면 그런 짓을 안 했으면 됐잖아! 그리고 네가 키스만 하고 끝낸 바람에 나도 엄청 끙끙 앓았다고!"

다크니스는 내 머리를 움켜잡더니 그대로 옥죄기 시작했다……!

"후앗~!"

우리의 이야기를 듣고 있던 크리스가 갑자기 이상한 소리를 냈다.

그리고 부들부들 떨기 시작하더니—.

"아아아아아……. 어젯밤에 조수 군이 했던 말은 사실이었구나……! 진짜로 다크니스가 조수 군에게 키스를 하다니!!"

"잠깐?! 크리스, 지금 문제는 그게 아니다! 그리고 카즈마, 네놈은 크리스에게 그런 이야기까지 한 것이냐?!"

"왜 늦게 온 건지 꼬치꼬치 묻는데 어떻게 하냐고! 그리고 우리는 키스 좀 했다고 부끄러워할 사이가 아니잖아! 욕실에서 같이 목욕한 적도 있고, 서로의 알몸도 본 사이라고. 그뿐만 아니라 내가 너희 집에 침입했을 때는 네가 나한테 같이 어른이 되자고—."

"아아아앗! 카즈마아아아아아앗! 좋다! 이 이야기는 이제 그만하자! 사실 지금 문제는 그게 아니란 말이다! 밧줄도 풀어줄 테니 빨리 나가자! 너희도 나를 도와다오!"

다크니스는 얼굴을 새빨갛게 붉히더니 당황한 목소리로 그렇게 말하며 밧줄을 풀었다.

"방금 엄청난 이야기를 들었는데, 대체 어떻게 된 거야?! 너희는 대체 어디까지 간 건데?! 혹시 나만 어린애인 거야?!"

"크리스, 그 이야기는 나중에 하자! 자, 너도 풀어줄 테니까……."

"나중에는 무슨! 자세히 말해봐, 다크니스! 왜 나한테 가르쳐주지 않으려는 건데?! 여자의 우정은 어디 간 거야!"

어느새 두 사람의 형세가 역전된 가운데, 나는 밧줄에 묶여 있던 부분을 매만지고 있었다.

"끄, 끈질기구나, 크리스! 그런 건 아무래도 상관없다! 하아, 너희도 그렇고 아쿠아도 그렇고 메구밍도 그렇고, 왜 하필 내가 영주 대행일 때 문제를 일으키는 거냐!"

다크니스는 그렇게 말하며 관자놀이를 손가락으로 눌렀다.

"……응? 야, 나 말고 아쿠아랑 메구밍도 무슨 짓을 저질렀어?"

"……메구밍은 지금 경찰서 유치장에 갇혀 있다. 어젯밤에 아무 이유도 없이 마을 안에서 폭렬마법을 펼쳤다더구나. 왜 그런 짓을 한 것인지 몇 번이나 물어봤지만 「불꽃놀이 때 결국 마법을 쓰지 못해서 좀이 쑤셨다. 내 폭렬마법이 더 아름다웠으니 반성은 안 하지만 변상이라면 하겠다」 같은 뚱딴지같은 진술만 하고 있지. 아무튼 축제가 끝날 때까지 가둬 두기로 했다."

어젯밤에 언다인 저택을 덮쳤던 충격파의 정체는 역시 메구밍이 사용한 폭렬마법의 여파였다.

헤어진 후에도 우리가 계속 신경 쓰인 메구밍은 저택에 불이 켜지는 것을 보고, 도둑질에 실패한 우리가 위기에 처했다고 생각해 마법을 펼친 것 같았다.

그리고 폭렬마법을 날린 바람에 마력이 바닥나서 그대로 체포당한 건가.

미안하게 됐는걸. 나중에 음식을 가지고 면회라도 가야겠어.

"그럼 아쿠아는? 그 녀석은 무슨 짓을 했길래?"

내가 그렇게 묻자 다크니스는 말하기 힘든지 더더욱 인상을 썼다.

"아쿠시즈 교단 녀석들이 이번에 예상외로 축제 분위기를 띄워서 거액의 매상을 올린 것을 이유로……. 내년부터는 여신 아쿠아 감사제를 단독 개최하게 해달라고 요구하고 있다."

제5장 이 풋내기 마을에 전설을!

1

“어이, 아쿠아! 너 대체 무슨 생각이야?!”

마을 외곽에 있는 아쿠시즈 교회.

나는 거기서 오늘 밤 축제의 사전 준비가 이뤄지고 있다는 이야기를 듣고 교회로 뛰어간 후, 세실리와 함께 축배를 들고 있는 아쿠아에게 따지기 시작했다.

“어머, 카즈마. 왜 그렇게 허둥대는 거야? 무슨 일 있어?”

와인 잔을 쥔 아쿠아는 애완동물을 아끼는 영화 속 악당처럼 무릎 위에 있는 병아리를 쓰다듬고 있었다.

옆에는 마치 주인을 모시는 메이드처럼 세실리가 서 있었다.

“아항~. 카즈마가 연회 냄새를 맡고 온 거구나? 어쩔 수 없네. 카즈마는 아쿠시즈 교도가 아니지만 이번 축제의 공로자 중 한 명이니까. 자, 내 옆에 앉아. 방금 만든 YAKISOBA를 나눠 줄게.”

느긋한 소리를 하며 작은 접시를 내미는 아쿠아에게—.

“바보야, 지금 그딴 거나 먹고 있을 때냐?! 이게 대체 뭐냐고!"

나는 다크니스에게서 받은 요청서를 내밀었다.

"아, 내가 제출한 요청서네. 『하나, 내년부터는 여신 아쿠아 감사제로 명칭을 바꾼 후, 에리스 교단이 관여하지 못하게 할 것. 둘, 우뭇가사리 슬라임의 규제 완화……』. 저기, 나는 두 번째 항목을 적은 기억이 없어."

"아쿠아 님, 두 번째 항목은 제가 적었어요! 저도 이번에 열심히 했으니까 포상을 받고 싶어서요!"

"그랬구나. 뭐, 좋아. 그런데 그게 뭐 어쨌다는 거야?"

"그걸 몰라서 묻는 거냐?! 이게 대체 어떻게 된 건지 묻고 있잖아!"

내가 고함을 질러 대자 아쿠아는 옆에 있던 세실리와 소곤거렸다.

"저기, 카즈마 씨가 왜 저렇게 화를 내는 걸까? 승전 파티에 부르지 않았기 때문일까?"

"아니에요. 아쿠아 님. 요청서에 저 사람의 요청을 넣지 않았기 때문일 거예요."

세실리의 말에 귀를 기울이던 아쿠아가 요청서에 뭔가를 적은 후 나에게 내밀었다.

『셋, 앞으로 열리는 축제의 점원 복장은 항상 수영복으로 할 것』.

"이 멍청아! 내가 이러는 건 그딴 거 때문이 아니라고! 너, 우쭐대지 않고 열심히 하겠다고 했었잖아! 이딴 건 이렇게 해주겠어!"

"아아아아앗~!! 잠깐만, 뭐하는 거야?! 모처럼 카즈마의 요청도 넣어줬는데!"

요청서를 찢은 나에게 아쿠아가 달려드는 가운데, 세실리가 천천히 앞으로 나섰다.

"잠깐만. 아쿠아 님의 호의를 함부로 하다니, 제정신이야? 불초 세실리, 아쿠시즈 교단의 이름을 걸고 당신 집 현관 앞에 매일 밤 찾아가서 성가를 무한 반복으로 불러버린다?"

"할 수 있으면 해봐! 이놈이고 저놈이고 나를 바보 취급하기는! 너희 둘 다 따끔한 맛을 보여주겠어!"

"왜, 왜 그래? 우리는 이번에 최선을 다했으니까 좀 대우해줘도 되잖아! 세실리가 그랬어! 「아쿠아 님은 아쿠아 님이니까 좀 더 떠받들리면서 편하게 사셔야 해요! 앞으로는 아쿠시즈 교단이 온 힘을 다해 아쿠아 님의 어리광을 받아드릴게요」라고 말이야!"

"만난 지 며칠 안 된 녀석한테 영향 받지 말라고! 자, 얼른 돌아가자! 더는 이딴 이상한 녀석과 어울리지 마! 너도 말이야! 아쿠아를 폐인으로 만들려고 하지 말라고!"

"이상한 녀석?!"

아쿠아는 자신을 끌고 가려 하는 내 손을 놓더니 충격을 받은 세실리의 등 뒤에 숨었다.

"축제 기간 동안에는 돌아가지 않을 거야. 응, 돌아가지 않겠어! ……나는 똑똑해서 학습했어. 이곳에 있으면 사람들이 나를 숭배해준다는 걸 말이야! 그리고 카즈마. 이렇게 축제가 엄청 성황을 이뤘으니, 내년 이후에도 여신 아쿠아 감사제를 열어야만 할 거야. 밖에 나가서 에리스 교단의 축제를 보란 말이야! 우리 부스에 사람들이 전부 몰려온 바람에, 현재 에리스 교단 쪽 가게는 파리만 날리고 있어!"

아아, 이번에는 이야기가 좋게 끝나나 했더니 이 녀석은 원래 이랬었지.

요즘 평소와 다른 모습을 보이기에 이상한 거라도 먹었나 싶었는데, 마음속 깊은 곳은 변함이 없는 것 같았다.

네가 성장한 줄 알고 내가 느꼈던 감동을 돌려달라고 생각하면서도, 아쿠아가 평소와 다름없다는 사실에 약간 안심하는 나 자신이 싫었다.

그런 나를 본 세실리는 자랑하듯 말을 이었다.

"아쿠아 님의 말씀이 옳아. 그리고 우리가 운영하는 가게의 평판이 이렇게 좋으니, 이제 와서 에리스 교단이 역전하는 건 무리야. 게다가…… 당신만 장사에 재능이 있다고 생각하지 마. 아쿠아 님께는 아직 비책이 남아 있어!"

아쿠아의 비책이라는 말을 들은 순간, 또 사고를 칠 것 같다는 생각이 마구 샘솟는데 말이야.

2

나는 아쿠시즈 교회에서 나온 후, 저 녀석들에게 어떻게 호된 꼴을 당하게 만들 것인지 고민하면서 마을 안을 돌아다녔다.

아쿠아를 비롯한 아쿠시즈 교단이 저렇게 우쭐대고 있는 것은 자신들의 힘으로 축제 분위기를 띄웠기 때문이다.

그렇다면 내가 에리스 교단 측에 축제용 노점 아이디어라도 제공할까?

……하지만 괜찮은 아이디어는 생각나지 않는 데다, 지금으로썬 노점 한두 개 늘리는 게 고작이다.

어쩔 수 없다. 일단 에리스 교단 쪽에 얼굴을 비쳐볼까.

—에리스 교회에 도착한 내가 본 것은—.

"아, 조수 군. 어떻게 됐어?"

빗자루를 들고 교회 앞을 청소하고 있는 크리스였다.

어떻게 됐어, 하고 말하는 것을 보면 내가 바보 같은 소리를 해 대는 아쿠시즈 교단에게 한 소리 해주러 갔다는 사실을 알고 있는 것 같았다.

"그 녀석들은 이제 말이 안 통하더라고. ……아무래도 호된 꼴을 당하지 않는 한 정신 못 차리는 패턴인 것 같아.

……어떻게 하지? 이렇게 된 건 아쿠시즈 교단이 축제를 열 수 있도록 허락을 대신 받아준 내 책임이야. 그 바보들이 사태를 돌이킬 수 없는 지경에 이르게 하기 전에 어떻게든 쓴맛을 보여주고 싶은데 말이야."

나는 약간 진심이 어린 목소리로 그렇게 말했지만 크리스는 고개를 저었다.

"하지만 축제 분위기를 띄운 선배에게 고마워하는 사람이 있는 건 사실이야. 그에 비해 나는 아이기스도 회수 못했잖아. 그렇게 눈에 확 띄는 갑옷이 어디 있는지도 몰라. 내년부터 내 축제가 열리지 않게 되더라도 어쩔 수 없어. 좀 쓸쓸하기는 하지만, 선배라면 내년 이후에도 축제 분위기를 확 띄워줄 거야!"

크리스는 그렇게 말하며 기운 없는 웃음을 터뜨렸다.

웃고 있지만 왠지 쓸쓸함이 묻어나는 그 미소를 보니 괴로웠다.

마무리가 허술한 탓에 위기에 처하기 십상인 두목이자, 모두에게 사랑받으며 뭐든 다 해 내는 완벽한 여신.

내 이상형 그 자체인 여성이자, 메구밍이나 다크니스와의 미묘한 연애담을 비롯해 일본에 대한 이야기도 할 수 있는 소중한 친구.

그리고 함께 이 세계에 온 아쿠아보다 더 많은 비밀을 나와 공유하고 있는 사람.

평소 여신의 업무를 볼 때는 항상 그 새하얀 방에 혼자 있으며…….

의적으로서 활동할 때도 역시 혼자다.

내 소중한 친구이자, 그다지 믿음직하지 못한 두목은—.

내가 동경하는 여성이자, 노력가인 여신님은—.

"조수 군에게는 항상 폐만 끼치네. 신기 찾는 것도 도와줬고, 이번에는 선배의 폭주도 막으려고 했잖아."

그녀는 쓸쓸함을 떨쳐 내려는 것처럼 비질을 하면서 말했다.

"고마워, 조수 군. 너는 내 정체도 알고 있고, 내가 어떤 일을 하는지도 알아. 내가 몰래 마왕군에게 대항하고 있는 걸 남들이 칭찬해줬으면 하는 건 아니지만……. 그래도 네 덕분에 조금이나마 구원받은 기분이 들어."

그렇게 말한 그녀는 여신 에리스다운 표정을 지으며 부드러운 미소를 머금었다.

………….

"두목……. 아니, 에리스 님. 에리스 교단 사람들이 협력해줬으면 하는 일이 있는데요."

나는 불가사의한 표정을 짓고 있는 크리스를 향해…….

상점가 녀석들 앞에서 몇 번이나 입에 담았던 대사를 말했다.

"저한테 생각이 있어요."

3

—오늘은 축제 최종일.

더운 날씨인데도 불구하고 축제 현장은 수많은 사람들로 붐비고 있었다.

『오늘 이렇게 모여주신 여러분. 저는 이 이벤트의 사회자로 뽑힌 것을 진심으로 기쁘게, 그리고 영광으로 생각하고 있습니다…….』

액셀 마을 대광장.

마을의 중심에 있는 그곳에 설치된 무대 위에서 턱시도 차림의 남성이 마이크 모양의 마도구를 향해 외쳤다.

『에리스 교단이 주최하는 이번 축제의 메인이벤트! 제1회! 미스 여신 에리스 콘테스트를 개최하겠습니다!』

사회자가 그렇게 외친 순간, 무대 앞에 모여 있던 관람객들의 입에서 엄청난 환성이 터져 나왔다.

모든 문제를 해결하는 내 비책…….

그것은 바로 에리스 교단이 미인 대회를 개최하는 것이었다.

"저기, 조수 군. 난 이제 뭐라고 해야 좋을지 모르겠어."

"두목도 그냥 축제를 즐기면 돼요."

나는 어이없어하는 크리스에게 그렇게 말했다.

이러면 인기를 모을 것이라는 사실은 알고 있었다.

알고 있었지만, 진지한 에리스 교도들이 에리스를 이용한 미인 대회 같은 걸 허락할 리가 없다는 생각이 들어서 단념했던 것이다.

하지만 지금은 다르다.

이대로 에리스 교도들이 아무것도 하지 않았다간 자신들이 숭배하는 여신의 축제를 열지 못하게 되고 마는 것이다.

그 점을 이용해 다크니스를 비롯한 에리스 교도들을 설득한 끝에, 최종적으로 그들을 납득시키는 데 성공했다.

"다크니스가 그렇게 반대할 줄은 몰랐어."

"그만큼 에리스 님을 소중히 여긴다는 거겠지."

다크니스는 에리스 님의 이름을 건 미인 대회는 에리스 님을 모독하는 짓이라며 격렬히 반대했다. 하지만 에리스 교단의 권위 회복과 신기 회수를 위한 일이며, 에리스 님이 겨우 이 정도 일로 화를 낼 리가 없다고 주장해서 겨우겨우 승낙을 받았다.

크리스는 멋쩍은 반응을 보이며 볼을 긁적였다.

"내 이름 좀 쓴다고 내가 화낼 리가 없는데 말이야……."

"그 말은 다크니스한테 하라고. 그 녀석, 오늘 아침에도 가기 싫다며 고집을 부렸단 말이야."

나와 크리스는 무대를 비롯해 행사장 전체를 둘러볼 수 있는 가장 뒤편에서 대기하고 있었다.

우리가 왜 이런 곳에 있냐면, 아이기스가 나타났을 때 포획하기 위해서다.

에리스 교단을 돕는다는 목적 하나만으로 이런 일을 벌인 것은 아니다.

이 미인 대회 자체를 미끼로 삼으려는 것이었다.

신기 아이기스는 마을 안을 돌아다니고 있으며 곧 여행을 떠날지도 모른다.

그런 그 녀석을 회수하기 위해서는 아이기스가 인정할 정도의 미녀를 모으는 게 가장 손쉽다.

그리고 그 미끼로서 다크니스에게도 참가해달라고 요청했지만—.

"……저기, 다크니스가 미인 대회 개최를 싫어한 가장 큰 이유는, 어쩌면 미인 대회를 허가하기 싫어서가 아니라……."

크리스가 뭐라고 말을 했지만 나는 그 말에 귀를 기울이지 않았다.

나는 이날을 위해 마도 카메라를 빌렸고 망원 렌즈까지 준비했다.

뭘 위해 그런 것을 준비한 것인지는 누구나 짐작이 될 것이다.

나는 무대를 향해 카메라를 들었다.

그곳에서는 이 마을에서 한 미모 하는 여성들이 끝내주는 미소를 짓고 있었다.

『그럼 우선 첫 참가자부터…… 이름과 연령, 그리고 직업을 말씀해 주십시오!』

4

에리스 교단과 크리스, 다크니스까지 끌어들여서 성대한 이벤트를 벌이기는 했지만, 과연 이런 노골적인 함정에 아이기스가 걸려들까.

그렇게만 된다면 바로 문제 하나가 해결될 텐데…….

……젠장, 불안해하지 마. 분명 잘될 테니까 걱정하지 말라고.

그 녀석의 생각과 행동은 읽기 쉽다.

인정하고 싶지 않지만 그 녀석은 어딘가 나를 닮았다.

나는 주위를 경계하면서 무대 위에 속속 나타나는 미녀들을 힐끔 쳐다보았다.

"으음……. 개인적인 취향에 따라 한마디 하자면, 너무 슬렌더하네. 얼굴은 취향인데 말이야."

크리스는 장기전이 될 것 같다며 시원한 음료수를 사러 갔다.

참고로 나는 무대 위를 주시하고 있는 게 아니라 어디까지나 힐끔힐끔 쳐다보고 있었다.

게다가 그렇게 눈에 띄는 갑옷이 나타나면 바로 눈치챌 수 있을 것이다.

나는 슬렌더한 미녀를 쳐다보며 혼잣말하듯 감상을 늘어놓았다.

《그래? 확실히 한 성깔 하겠는걸. 하지만 몸매는 좋아. 옷 때문에 드러나지 않았을 뿐 볼륨이 상당해 보여.》

"확실히 성격은 좋아 보이지 않지만, 슬렌더 스타일이면 성깔이 좀 있는 편이 좋아. 하지만 벗겨 보면 볼륨감이 넘치는 여자라……. 수영복 심사도 항목에 넣을 걸 그랬네."

《너, 왜 그렇게 중요한 걸 심사 항목에 넣지 않은 거야?! 바보 아냐?!》

………….

"잡았다~!"

《우왓?! 뭐, 뭐하는 거야?! 지금 중요한 순간이니까 방해하지 말라고!》

중요한 순간이라는 것에는 동의하지만 이 녀석을 잡는 게 원래 목적 중 하나다.

나는 어슬렁어슬렁 기어 나온 아이기스를 향해 그물을 던졌다.

방심한 아이기스는 간단히 그물에 걸렸다.

"멍청한 자식, 바로 걸려들었군. 이건 너를 유인하기 위한 작전이라고!"

《뭐, 뭐어~?! 너, 좀도둑인 줄 알았더니 꽤 하잖아. 다시 봤어!》

나와 크리스는 이딴 녀석 때문에 그렇게 고생했던 건가…….

지금까지 한 고생이 전부 부질없다는 생각이 들었다.

"그런데 너, 왜 이렇게 빨리 나타난 거야?! 미인 대회가 시작되고 겨우 5분밖에 안 됐는데! 장기전이 될 줄 알고 음료수를 사러 간 크리스한테 사과해!"

《앗, 좀 조용히 해주지 않을래? 저 애의 프로필이 안 들리거든. 사회자가 뭘 먹으면 그렇게 가슴이 커지는지 묻고 있다고.》

"……어쩔 수 없지. 저 애의 프로필 이야기가 끝난 후에 계속하자. 그렇다고 그물을 걷지는 않을 거야."

《알았어. 저 애가 무대 뒤로 가면 다시 시작하자.》

잠시 휴전한 나는 가능한 한 아이기스에게서 눈을 떼지 않고 그때를 기다렸다.

우리 주위에 있던 관객들 또한 우리를 개의치 않으며 무대 위를 주시하고 있었다.

그런 가운데, 이윽고 프로필 소개가 끝낸 그 참가자가 무대에서 내려갔다.

"좋아, 그럼 계속하자! 너 때문에 얼마나 호된 꼴을 당했는지 알아?! 얌전히 잡히시지!"

《흥! 할 수 있으면 해봐! 이 몸이 괜히 성개 아이기스라고 불리는 줄 알아?! 먼 옛날에는 주인님과 함께 수많은 몬스터들을 갈기갈기 찢은 후 던지고, 던진 후 갈기갈기 찢어 댔다고!》

다시 전투를 시작한 우리는 말다툼을 벌이며 주도권을 잡으려고—.

『예! 감사합니다, 소니아 양! 이야~, 끝내주는 가슴의 소유자군요! 하지만 다음 참가자도 기대해 주십시오! 이번 대회에서 1, 2위를 다투는 나이스 가슴의 소유자입니다!! 자, 힘차게 나오시죠~!!』

사회자가 그렇게 말한 순간, 객석이 열광적인 함성으로 가득 찼다.

나와 아이기스는 그물을 잡아당기며 자연스럽게 무대를 쳐다보았다.

다음에 무대에 선 애도 정말 끝내줬다.

얼마나 끝내주냐면, 위즈와 다크니스에 필적할 정도였다……!

《……어이, 저 애 차례가 끝난 후에 계속하면 안 될까?》

"……어쩔 수 없지. 그때야말로 멋지게 결판을 내자."

《고마워. 그런데 사진 안 찍어도 돼? 도망 안 칠 테니까 걱정 마.》

"…………하긴, 이렇게 사람이 많으니 전신 갑옷인 네가 도망쳐 봤자 근처 사람에게 물어보면 바로 찾아낼 수 있을 거야. 이 자세로 계속 있기도 좀 힘들고."

나는 그물을 놓은 후, 다시 무대를 향해 카메라를 들었다.

《어이! 저기 좀 봐! 완전 반칙이잖아! 왜 수영복 심사를 필

수 항목에 안 넣은 거야?!》

“나한테도 여러모로 피치 못할 사정이 있었다고! 수영복 심사를 넣으면 절대 참가하지 않겠다면서 내 동료가 고집을 부렸단 말이야! 아아, 젠장! 좀 후회되네! 좀 더 고집을 피워 볼걸……!”

나와 아이기스는 발돋움하며 관객석 가장 뒤편에서 무대 위를 계속 관찰했다―.

《―어이어이어이~! 그런 무방비한 옷차림으로 괜찮겠어?! 뭐, 여름이니까 수영복 차림으로 다녀도 문제는 없겠지만 말이야!》

“저 사람은 점원 누님이네. 내가 가게 점원은 수영복을 입게 하자는 의견을 내놨지. 더위 대책 삼아서 말이야. 그리고 바닥에 물을 뿌리다 튀어도 수영복 차림이면 괜찮잖아?”

《너, 똑똑한데? 더위 먹고 쓰러지기라도 하면 큰일이지. 어, 다음 애는 좀 별로네. 복장만 귀여워. 옷 디자인과 화장으로 떨어지는 외모를 커버하고 있어.》

“화장은 내추럴 메이크가 기본이야. 저런 건 사도(邪道)지. 내가 심사 위원이었다면 두껍게 화장한 애는 감점 대상이었을 거라고.”

나는 불평을 늘어놓으면서도 몇 번이나 셔터를 눌렀다.

『자, 다음은 여러분도 잘 아시는 분입니다! 측은함이라는 단어가 너무나도 잘 어울리는 불행 점주! 요즘 장사가 잘되나 싶었으나 실은 착각이었다! 참가 이유는 상금을 타서 이번 달 집세를 내기 위해! 위즈 마도구점의 점주 위즈입니다!』

"만세에에에에엣! 위즈야! 위즈가 나왔어! 이야~, 역시 위즈는 앞치마 차림이 정말 잘 어울린다니깐!"

《우와, 레벨 높네! 확 끌어안고 싶어! 안는 감촉도 끝내줄 것 같은 저 누님을 안아버리고 싶다고! 아니면 내 안에 들어와 줬으면 좋겠어! 하지만 마법사 같아 보이네. 아쉽지만 직업 상성이 안 맞는군. 젠장. 저 누님, 전위 직업으로 클래스 체인지 안 하려나?!》

뜻밖에도 위즈가 등장한 덕분에 나와 아이기스의 흥분은 천정부지로 치솟고 있었다.

덕분에 관객들의 열기도 급상승하고 있었다. 이렇게 되면 다음 참가자가 꽤나 부담을 느낄 것 같지만—.

『자, 다음은……. 어이쿠, 서큐버스 코스프레를 한 참가자들입니다! 여신 에리스 콘테스트에 서큐버스 코스프레를 하고 참가하다니, 배짱이 정말 좋은…… 아가씨……들…….』

의욕이 넘치던 사회자의 목소리가 점점 낮아지더니 이윽고 침묵에 잠겼다.

그럴 만도 했다.

《끼요오오오오오오오~! 잠깐, 뭐야? 쟤들 대체 뭐냐고! 레벨 높은 애들이 세 명이나 있어! 오른쪽의 누님과 왼쪽의 로리도 좋지만, 한가운데에 있는 미녀는 대체 뭐야?! 나 저렇게 끝내주는 애는 처음 봐! 악마! 악마 걸! 소악마 정도가 아니라 완전 악마 걸이잖아!》

아이기스는 정신이 나간 것처럼 보일 만큼 떠들어 댔고 관객석은 그저 침묵에 휩싸여 있었다.

참고로 나는 좌우에 있는 두 사람을 본 적이 있었다.

내가 항상 신세를 지고 있는 그 가게의 점원들이었다.

하지만 한가운데에 있는 미녀만은 단골인 나도 본 적이 없었다.

다음에 서비스를 의뢰할 때는 저 사람보고 꿈에 나와 달라고 해야겠다.

한가운데에 있던 서큐버스 코스프레 미녀가 딱딱하게 굳어버린 사회자에게서 마이크를 넘겨받더니—.

『자, 여러분. 앞에 나온 참가자들을 보면서 심심하셨죠……? 제가 지금부터 이 얇은 옷을 벗어 던지며, 여러분을 관능의 세계로 안내하겠습니다……!』

한가운데에 있던 그 누님은 듣기만 해도 가슴이 뛰는 매혹적인 말을 하더니 자신의 옷을 향해 손을 뻗었다.

이 자리에 있는 이들은 안 그래도 선정적인 서큐버스 코스프레 의상을 뚫어져라 쳐다보고 있었다.

관객들은 아무 말 없이 일말의 기대만을 품으며 마른침을 삼키고 있었다.

설마 이 누님, 진짜로 이 많은 사람들 앞에서 옷을 벗으려는 건가?!

진심이야?!

에로 몬스터가 축제의 열기에 취한 나머지 본래의 모습으로 되돌아간 건가?!

《어, 어이, 카메라! 카메라를 준비해! 저기, 잘 찍으라고!》

"마, 맞아! 크, 큰일 날 뻔했네……! 하지만 역시 진짜배기 서큐버스답게 서비스 정신이 엄청난걸!"

내가 최고의 한 컷을 찍기 위해 카메라를 든 가운데, 그 미녀는 드디어 입고 있던 옷을 벗어 던졌다……!

『화려하게 탈피! 푸하하하하하하하, 지나가던 서큐버스 퀸이라고 생각했느냐? 하지만 아쉽게도 위즈 마도구점의 아르바이트올시다! 오오, 행사장 전체에서 끝내주는 악감정이 뿜어져 나오는구나! 맛있어! 정말 맛있군!! 위즈 마도구점은 현재 상담 서비스를 실시하고 있습니다! 곤란한 일이 생겼을 때 찾아주시길!』

…………

『물건을 던지지 마세요! 손님 여러분께 말씀드립니다! 심정은 이해하지만, 물건을 던지지 말아주세요!』

바닐과 함께 서큐버스 두 명이 사라진 후, 관객들은 무대 위에 홀로 남은 사회자를 향해 쓰레기를 던졌다.

물론 나와 아이기스도 던졌다.

잠시 후 행사장의 혼란이 수습되자, 사회자는 마음을 다잡으면서 무대 입구를 손가락으로 힘차게 가리켰다.

『자, 그럼 오늘의 우승 후보 중 한 명이 등장하겠습니다. 이 마을에 사시는 분이라면 누구나 아실 분입니다! 어떤 때는 모험가, 그리고 어떤 때는 인내심 대회 연속 우승자. 그리고 지금, 여신 에리스 콘테스트 참가자로서 이 무대에 서실 분은 대귀족 더스티네스 가문의 영애, 더스티네스 포드 라라티나 님이십니다!』

오오, 나왔다!

미인 대회가 시작되자마자 바로 아이기스가 나타났기 때문에 의미가 없어지기는 했지만, 원래는 이 갑옷을 낚을 미끼 삼아 겉보기에는 반반한 다크니스에게 참가를 부탁했던 것이다.

사실 메구밍에게도 부탁하고 싶었지만 유감스럽게도 그녀석은 현재 유치장 신세를 지고 있었다.

《와우~! 괜찮네, 괜찮아! 엄청 괜찮다고! 아름다운 얼굴과 에로틱한 보디, 게다가 귀족 영애라고?! 장난 아닌걸!》

다크니스가 나타나자 아이기스의 흥이 치솟았다.

다크니스는 콘테스트를 의식했는지 피서지에 가는 귀족 영애 같은 복장을 하고 있었다.

때때로 자신의 저택에서 입는 드레스 차림에 옅은 화장을 했으며, 머리카락 또한 가지런하게 땋은 다크니스는 챙이 넓은 흰색 모자를 쓰고 있었다.

많은 관객들에게 주목을 받고 붉어진 얼굴을 부끄러워하듯 모자로 숨긴 다크니스는 고개를 숙였다.

"그렇지? 저 녀석은 내 동료야. 너를 낚기 위해서는 끌내주는 미끼가 필요할 것 같아서 이 대회에 참가해달라고 부탁했어."

《정말?! 좋네, 정말 좋아! 저기, 저 애를 내 주인으로 삼고 싶어! 저 에로 보디에 절대 상처가 나지 않게 지켜줄래!》

간단히 잡는 정도가 아니라 설득까지 성공하고 말았다.

"하지만 저 녀석은 크루세이더거든? 전위에서 적의 공격을 맞는 게 일이라고. 너 전에 공격을 맞으면 갑옷도 아프다고 하지 않았어? 게다가 옷 때문에 안 보이지만 저 녀석은 복근이 있어."

《복근이 있다고? 하지만 그것도 꽤……. 게다가 크루세이더라……. 젠장, 하필이면 크루세이더냐……. 그래도 외모는 완전 내 취향이네. 저 애보다 적당한 사람은 흔치 않을 텐데…….》

아이기스가 갈등에 잠긴 채 한 말에 나도 마음속으로 동의했다.

확실히 몸매와 얼굴 같은 겉모습은 완전 취향이야.

성격도 좋다면 딱이겠지만 의외로 성가신 타입이란 말이지.

으음, 아깝네…….

"좀 더 살펴보자. 다른 참가자도 있을 테니까 말이야."

《그래, 콘테스트가 끝나기 전에 결정할 필요는 없겠지. 어, 소개가 시작됐어!》

상대가 귀족이기 때문인지 더욱 흥이 오른 사회자가 힘찬 목소리로 말했다.

『그럼! 이미 관객 여러분도 아시겠지만, 성함과 나이, 그리고 직업을 말씀해 주십시오!』

『……더스티네스 포드 라라티나……. 나이는 열여덟, 직업은 영주 대행이다…….』

다크니스는 긴장했는지 마이크를 통해 말하고 있는데도 목소리가 잘 들리지 않았다.

멀찍이서 봐도 그녀의 표정은 딱딱해 보였다.

바로 그때, 관객석에 있던 모험가 중 한 명이 고함을 질렀다.

"라라티나! 안 들리니까 더 큰 목소리로 말해~!"

그 말에 호응하듯—.

"아가씨, 오늘은 정말 아름다우시군요!"

"평소 입던 갑옷은 어디 간 거야! 하지만 지금 옷차림도 귀여워, 라라티나!"

그런 야유가 곳곳에서 들려왔다.

현재 다크니스는 이 마을의 모험가들에게 얼굴이 꽤 알려져 있었다.

그래서 술에 취한 모험가들이 그녀를 알아보고 이렇게 야유를 날리고 있는 것이다.

얼굴을 새빨갛게 붉힌 채 금방이라도 울 것 같은 표정을 짓고 있는 다크니스를 보자, 나도 왠지 괴롭혀주고 싶어졌다.

"지금이야, 라라티나! 너의 그 자랑스러운 복근을 보여 달라고!"

《저 애, 네 동료 아니었어?》

"바보야, 동료니까 이렇게 응원하는 거잖아. 얼굴을 새빨갛게 붉힌 채 금방이라도 울 것 같은 표정으로 관객들을 노려보는 다크니스를 봐. 저렇게 끝내주는 표정은 쉽게 볼 수 있는 게 아냐. 이거, 우승은 따 놓은 당상이겠는걸."

《오호라. 너도 머리가 잘 굴러가는걸. 좋아, 나도 협력하지! 좋았어, 누님! 좀 더 서비스하라고~!》

내 뒤를 이어 아이기스가 그렇게 외치자 다른 모험가들도 야유를 날렸다.

"그래! 서비스 좀 해!"

"수영복은 안 입어?!"

"영주님, 치맛자락 좀 올려봐!"

관객들의 목소리는 점점 수위가 올라가고 있었다.

평소 아무짝에도 쓸모없던 다크니스가 지금은 아이돌처럼 각광받고 있었다.

나는 그게 기뻐서 더욱 언성을 높였다.

"그냥 홀랑 벗어버려~!"
다크니스는 그 말을 듣더니, 화들짝 놀라면서 나를 똑바로 쳐다보았다.
아차, 들켰네.
"그래, 벗어~!"
"다크니스, 벗어~!"
"벗~어! 벗~어!!"
《벗~어! 벗~어!!》
바로 그때, 이 행사장에 있는 이들은 한마음 한뜻이 되어 한목소리로 벗어 콜을……!

"너 지금 뭐하고 있는 거야?"

음료수를 사러 갔던 크리스의 차가운 목소리가 들린 순간, 나와 아이기스는 머릿속이 새하얘졌다.

5

"—하아, 너희 대체 뭐하는 거야? 내 친구를 괴롭히지 마."
"오, 오해하지 마. 다크니스가 주목을 받으며 환성을 듣는 모습을 봤더니, 왠지 톱 아이돌로 만들어주고 싶어졌다고나 할까……."

"벗어 콜을 듣는 톱 아이돌이 있을 리가 없잖아. ……게다가 아이기스까지……. 너는 일단 최상급 신기인데……."

객석 뒤편에서 좀 떨어진 장소.

한심해 죽겠다는 표정을 짓고 있는 크리스를 향해 나와 아이기스는 하염없이 고개를 숙이고 있었다.

나는 땅이 꺼져라 한숨을 내쉬고 있는 크리스를 향해 말했다.

"하지만 당초의 예정대로 이 녀석을 잡았잖아. 그리고 에리스 교단이 주최한 이벤트도 이렇게 열기를 띠고 있으니, 잘된 거 아냐?"

"잘되기는 무슨! 그리고 이 사태를 대체 어떻게 수습할 거야?!"

현재 관객석에서는 비명과 고함이 터져 나오고 있었다.

벗어 콜을 듣고 뚜껑이 열린 다크니스가 객석에 있는 모험가들에게 달려든 것이다.

모험가들은 필사적으로 저항했지만 맨손 싸움에서는 다크니스가 유리한 것 같았다.

……저 녀석, 몬스터와 싸울 때도 맨손으로 싸우는 게 더 나은 거 아냐?

《이거 재미있어졌는걸. 저 누님 진짜 세잖아! 미녀와 싸움은 축제의 꽃이지. 나도 피가 끓기 시작했다고! 불타올라라, 패션! 찬란히 빛나라, 마이 보디! 좋아, 나도 저 싸움에 낄래!》

"상황을 더 복잡하게 만들지 마! 아아, 정말. 아이기스, 제발 부탁이니까 너라도 좀 얌전히 있어……. 그러면 무사히 마왕을 쓰러뜨린 후에 여신 권한으로 마왕을 쓰러뜨린 용사만이 아니라 네 소원도 들어줄게……."

이마에 손을 댄 크리스는 난투극을 보고 흥분한 아이기스를 향해 한숨 섞인 목소리로 그렇게 말했다.

그러자 아이기스는 어깨를 으쓱하는 동작을 취했다.

《이 애, 또 자기가 여신이라고 우기네. 어이, 아가씨. 나는 여신을 알아. 직접 만난 적이 있단 말이야. 여신이 나를 한 여성에게 준 다음 그녀와 같이 이 세계로 보냈다고. 그런 내가 장담하지. 여신 중에 변변한 녀석은 하나도 없어.》

"뭐어어어어엇?!"

확실히 변변하지는 않다.

나는 이 녀석을 이곳으로 보낸, 그리고 현재 아쿠시즈 교단 녀석들과 변변찮은 짓을 하고 있을 여신을 떠올렸다.

"이게! 이게!! 나 진짜로 열 받았어! 너한테 어울리는 소유자를 찾을 때까지 호수 밑바닥에 봉인해버릴 거야! 다른 신기도 거기 있으니까, 거기서 사이좋게 지내!"

《그딴 펀치로는 마이 보디에 흠집 하나 낼 수 없어! 나는 신기거든! 아하하, 힘내. 힘내라고, 아가씨!》

"이익!"

나는 아파하면서도 아이기스를 계속 두들겨 패는 크리스

에게서 눈을 뗀 후 주위를 둘러보았다.

내 주위에 있는 관객들은 아직도 날뛰고 있는 다크니스를 재미있다는 듯 쳐다보고 있었다.

내가 예상했던 것과는 달리 완전히 구경거리 취급을 당하고 있지만 확실히 분위기 하나는 제대로 띄운 것 같았다.

하지만 이벤트의 원래 목적은 뭐였지?

아이기스를 이곳으로 유인하는 게 우리의 목적이었다.

하지만 이번 축제에서 손해만 잔뜩 본, 에리스 교단의 권위 회복이라는 또 하나의 목적은…….

—바로 그때, 나는 그 목적을 달성하지 못했다는 사실을 깨달았다.

"이야, 제대로 웃었네. 뭐, 미인 대회 같은 걸 해 봤자 이 마을의 미녀들은 하나같이 괴짜니까 이렇게 될 거라고 생각했어. 그래도 고지식한 에리스 교도가 주최한 것치고는 꽤 재미있었지?"

그것은 우리 앞에 있던 손님이 한 말이었다.

"뭐, 그럭저럭 나쁘지는 않았어. 하지만 내년부터는 아쿠시즈 교단이 주최하는 축제만으로 충분하지 않을까? 아쿠시즈 교도들은 하나같이 바보지만, 이런 축제 분위기는 제대로 띄워주니까 말이야."

"맞아. 그 녀석들은 바보지만 항상 즐거워 보이지! 바보지만 말이야!"

그 뒤를 이어 곳곳에서 그런 말이 들려오더니, 이 마을의 괜찮은 미녀들을 다 봤기 때문인지 돌아가려고 하는 손님들도 있었다.

아이기스를 때리던 크리스가 움직임을 멈췄다.

"에리스 교단은 항상 열심히 해주고 있지만, 1년에 한 번 열리는 축제만큼은 화려한 편이 좋지."

"맞아. 내년 이후에는 아쿠아 축제로 할지 말지로 다투고 있다던데? 서명 운동도 하고 있다더라고."

"흐음. 어차피 그 녀석들은 아쿠시즈 교도의 부스에서 오늘도 바보짓을 하고 있겠지. 이쪽 이벤트도 끝났으니까 구경하러 갈까?"

그리고—.

"아, 아하하. 우리 애들도 노력해준 것 같지만 어쩔 수 없지. 하지만 진짜로 내년부터는 에리스 축제가 없어질 것 같은 분위기네."

크리스는 나를 걱정시키지 않으려는 건지 약간 쓸쓸해하면서도 미소를 지었다.

"뭐, 나한테는 축제를 즐길 여유 같은 건 없으니까 말이야. 이러는 사이에도 몬스터에게 고통받고 있는 사람이 있거든. ……그러니까 하나라도 많은 신기를 모아야 해."

지금까지 남들 몰래 그런 수수한 활약을 해 왔던 크리스는, 그렇게 말한 후 개의치 않는다는 듯 배시시 웃었다.

그리고 또 아이기스를 쳐다보더니—.

"저기, 아이기스. 부탁이야. 내 말을 들어주면 안 돼?"

《어……. 좀 마음이 흔들리기는 했지만, 그렇게 쓸쓸한 표정을 짓는다고 너한테 휘둘릴 것 같아?!》

………….

"어이, 아이기스. 너한테 끝내주는 미소녀를 소개해주면, 크리스가 시키는 대로 할 거야?"

내가 그렇게 묻자—.

《아앙? 끝내주는 미소녀……. 네가 무슨 생각을 하는 건지 알겠어. 아까 그 가면 쓴 아저씨를 데려오려는 거지? 그 녀석한테 미소녀로 변하게 해서, 「자, 미소녀를 소개해 드렸습니다~」라고 말하려는 거지? 이 아이기스 님이 그런 한심한 작전에—.》

"두목. 아니, 지금만큼은 에리스 님이라고 부를게요. 좀…… 아니, 엄청 무리한 부탁일 테지만……."

나는 아이기스의 말을 막은 후 크리스를 향해 고개를 푹 숙였다.

크리스는 그런 나를 보고 약간 당황했지만—.

《뭐어~? 어이, 이 아가씨의 이름은 크리스 아니었어? 대체 왜 에리스 님이라고 부르는 거야? 너까지 머리가 이상해…… 아하, 더위 먹은 거지? 더위 때문에 정신이 나간 거지? 너, 자기 입으로 더위 대책은 중요하다고 했으면서, 자기가 더위를 먹은 거냐? 잠깐 기다려. 네 작전 덕분에 구경 한번 잘했으니까, 그 답례로 의사 선생님을—.》

"괜찮아, 조수 군. ……아니, 괜찮아요, 카즈마 씨. 제가 할 수 있는 일이라면 개의치 말고 말해 보세요."

크리스는 그렇게 말하더니 나를 지그시 쳐다보았다.

《어이어이~! 이렇게 몇 번이나 무시당하면 나도 기분이 상하거든? 너 대체 무슨 꿍꿍이야?》

무시당한 탓에 기분이 상했는지 언짢다는 듯 금속음을 내며 불평을 늘어놓는 아이기스에게 나는 말했다.

"어이, 아이기스. 너에게 진짜배기 여신을 보여주겠어."

6

날뛰던 다크니스가 행사 요원들에게 다른 방으로 끌려가 위로받고 있을 때…….

아직 술렁대고 있기는 했지만 겨우 행사 진행이 가능할 정도로 조용해진 행사장에서, 무대 위에 있는 사회자가 마이크를 다시 움켜쥐었다.

『자, 행사장의 혼란이 어느 정도 수습되었고, 참가자도 남아 있지 않습니다. 그럼 지금부터 여신 에리스 콘테스트의 우승자를—.』

사회자가 거기까지 말한 순간…….

—술렁대던 행사장이 순식간에 정적으로 가득 찼다.

큰 소리로 대화를 나누던 모험가.

돌아갈 준비를 하던 상인.

이 자리에 있던 모든 사람들이…….

그렇다. 남녀노소 가리지 않고 모든 사람들이 무대 위의 한곳만을 응시하고 있었다.

언제 올라온 것인지는 몰라도, 무대 중앙에는 부드러운 미소를 머금은 한 소녀가 서 있었다.

『……어. ……어라? 저, 저기…….』

모든 이들이 망연자실한 얼굴로 지켜보는 가운데, 사회자는 억지로 쥐어 짜낸 목소리로…….

『…………저기, 도중 참가자……라고…… 생각하면…… 되겠습……니까?』

무대 위에 선 채, 그저 조용히 미소 짓고 있는 소녀.

—그렇다.

옷도, 복장도, 그리고 모든 것이, 이 세계의 인간이라면 누구나 다 알고 있는 여신 에리스의 그림 속 모습과 완벽할 정도로 똑같은 미소녀에게 물었다.

『예. 미리 신청하지 않고 이렇게 참가해서 정말 죄송해요.』

그렇게 말한 에리스가 양손을 모으며 고개를 숙이자 사회자는 눈에 띄게 당황했다.

『아아아아, 아뇨오오오오! 다! 당치도 않습니다! 이이, 이렇게, 여신 에리스 님 콘테스트에 참가해주셔서, 정말 감사합니다!』

은근슬쩍 여신 에리스 『님』 콘테스트라고 말하는 걸 보면, 사회자도 눈앞에 서 있는 소녀가 누구인지 눈치챈 모양이었다.

하지만 누구나 에이 설마, 하는 생각을 떨쳐내지 못하는 것 같았다.

찬물이라도 뿌린 것처럼 정적이 흐르는 행사장에서 멈춰 있던 시간이 다시 흐르기 시작한 것처럼, 그리고 너무 시끄럽지 않을 정도의 크기로 객석이 술렁거렸다.

아이기스는 내 옆에서 미동도 하지 않고 있었으며 그 어떤 말도 하지 못했다.

이윽고 무대 위에 있는 사회자는 마음을 다잡듯, 그리고 어딘가 딱딱한 움직임으로 에리스를 향해 마이크를 내밀었다.

『그그, 그럼……. 이건 참가자 전원에게 던진 질문이니 양해해 주셨으면 합니다만……. 저기, 괜찮다면 성함을 여쭤도 될는지…….』

머뭇거리면서도 왠지 기대가 담긴 목소리로…….

사회자가 그 질문을 던지자, 에리스는 자신을 쳐다보는 모든 이들이 무심코 감탄 섞인 한숨을 내쉴 만큼 멋진 미소를 지으면서 말했다.

『제 이름은 에리스랍니다.』

그 순간, 행사장 전체에서 환성이 터져 나왔다.

열광적으로 고함을 지르며 하염없이 에리스 님이라고 외쳐 대는 자.

황홀한 표정을 지은 채 망연자실한 눈길로 에리스를 올려다보는 자.

손을 모으며 기도를 올리는 자.

우리 곁에 있던 에리스 교도들은 무릎을 꿇은 채 오열하고 있었다.

"이, 이게 진짜 여신 파워구나. 예상했던 것보다 엄청난 반응인걸."

그 엄청난 반응을 보고 약간 기겁한 나는 옆에서 꼼짝도 하지 않는 아이기스에게 말을 걸었다.

그리고 꼼짝도 하지 않던 아이기스는 이윽고 부들부들 떨기 시작하더니—.

《찾았어…….》

작은 목소리로 중얼거렸다.

《찾았어. 찾았다고오오오! 나, 찾았어! 주인님을 찾았단 말이야! 말도 안 돼! 완전 말도 안 된다고! 저런 미소녀가 어떻게 이 세상에 존재할 수 있는 거지?! 모르겠어! 나는 진짜 모르겠다고~!!》

"지, 진정해! 원래 갑옷에게 그런 게 있다는 것 자체가 이상한 거지만, 너 지금 캐릭터가 붕괴되고 있어!"

패닉 상태에 빠진 아이기스를 달래고 있을 때, 무대 위의 사회자가 또 질문을 던졌다.

『우와아아아아아아아아, 가, 감사합니다! 대답해주셔서, 정말 감사합니닷! 저기, 드려야 하는 질문이 두 개 더 있습니다만…….』

사회자는 상기된 얼굴로 죄송해하며 그렇게 말했다.

그 두 개의 질문이란 연령과 직업일 것이다.

에리스는 빙긋 웃으면서…….

『그 두 가지는 비밀이에요.』

그렇게 말하더니 장난치는 듯한 표정으로 윙크하며 검지를 세웠다.

또 환성이 터져 나오고 행사장의 공기 자체가 뒤흔들렸다.

그리고 한 명, 아니, 한 개…….

내 옆에서 이상한 행동을 취하며 부들부들 떨고 있던 자칭 신기가 고함을 질렀다.

《아, 안 돼, 안 된다고! 에리스 님, 더는 서비스할 필요 없어요! 이 아이기스, 그런 소악마 포즈는 용납할 수 없습니다!》

"안 되는 건 너야. 너 대체 누구야? 아까랑 너무 다르잖아! 그리고 시끄러우니까 좀 닥쳐! 그러면 나중에 소개해줄게!"

내가 그렇게 말하자 아이기스는 한층 더 격렬하게 몸을 떨며 외쳤다.

《정말?! 진짜로? 너…… 아니, 당신께서 저분을 저에게 소개해 주시겠다는 것입니까?!》

"그래. 아까 내가 말했지? 내가 끝내주는 미소녀를 소개해주면 크리스의 말을 들을 거냐고 말이야. 참고로 저기 있는 사람은 여신 에리스이자 크리스야. 본인이 몇 번이나 여신이라고 말했는데 하나도 안 믿었지?"

《Fuck! 젠장! 어어, 어쩌지?! 에리스 님께 어떻게 사과하면 좋을까?! 어이, 한 시간 정도 내 안에 넣어줄 테니까 같이 사과해줘!》

솔직히 말해 아이기스 안에는 들어가고 싶지 않지만 보아하니 이제는 에리스의 말을 잘 들을 것 같았다.

무대 위에서 우리 쪽을 쳐다보며 작게 웃고 있는 에리스를 바라보면서—.

"여신 에리스 님께서 강림하셨다아아아아아아아앗!"

누군가의 기쁨에 찬 외침을 들으며 나는 에리스를 향해

쓴웃음을 지었다.

"—에리스 님, 부디 저와 악수해 주십시오! 요즘 정말 운이 없어요! 부디 행운의 여신께서 가호를 내려 주세요!"

그건 누가 한 말일까.

꽤나 절실한 소망이었는지, 소음과 열광이 주위를 가득 채우고 있는데도 그 목소리는 행사장 전체에 울려 퍼졌다.

그 말이 터져 나온 순간, 행사장 전체가 정적에 감싸였다.

……어, 왠지 불길한 느낌이 드는데?

"저, 저도! 에리스 님, 저와도 악수해주세요!"

"멍청아, 내가 먼저 할 거야!"

"에리스 님, 저희 집에는 제가 돌아오기만 기다리며 배를 곯고 있는 고양이가 있어요! 부디 집에 돌아가는 길에 산 복권이 1등에 당첨되게 해주세요……!"

관객들은 흥분에 휩싸인 채 무대 위로 기어 올라가려 했다.

『여러분, 진정하세요! 무대 위로 올라오지 마세요!』

사회자가 그런 군중을 필사적으로 말렸지만 아무도 들은 척을 하지 않았다.

무대 위에 있는 에리스는 당황한 표정을 지으면서도 자신을 향해 뻗은 손을 하나하나 잡아줬다.

에리스 님은 왜 이렇게 거절할 줄을 모르는 거예요. 이럴 때는 거절해도 된다고요.

“야, 에리스 님을 지키자!”

“그, 그래, 이대로는 안 돼! 주제도 모르고 에리스 님의 손을 놓지 않는 바보도 있다고!”

우리 곁에 있던 에리스 교도가 그런 소리를 하면서 뛰어갔다.

확실히 이 상황은 좋지 않았다. 마치 아이돌 악수회 같지만 관객들의 열기가 비정상적이었다. 슬슬 발칙한 생각을 하는 녀석이 나와도 이상할 것 없었다.

“어이, 아이기스! 도와줘! 이대로 가다간 에리스 님이 희롱을 당할지도 몰라! 에리스 님께 사과하고 싶다면 지켜드려!”

《오오오오, 갑옷에게 있어 과분하기 그지없는 전개군! 지킬게! 내가 죽을힘을 다해 지키겠어! 에리스 님의 옥 같은 피부와 순혈은 이 성개 아이기스가 사수하겠어!》

“어, 어이, 순혈이라니, 너……. 뭐, 남녀의 연애에는 어두운 것 같으니까, 아마 순결하겠지만…….”

《에리스 님은 여신이니까 처녀가 틀림없어! 에리스 님은 사내자식의 나체를 보면 꺄아 하고 얼굴을 가리는 사람일 거야. 그리고 좀 흥미가 있으니까 손가락 사이로 힐끔 쳐다볼 거라고. 자상하고, 따뜻하고, 물론 좋은 향기가 날 거야.》

이 녀석, 대체 얼마나 반한 거야.

“어이, 서두르자! 무대에 올라가면 너는 에리스 님을 네

몸 안에 숨겨! 그리고 군중들을 돌파하는 거야!"

《만세~! 이렇게 빨리 에리스 님과 하나가 될 수 있을 줄은 몰랐어! 에, 에리스 님이 내 안에…… 하아하아…….》

"어이, 네가 가장 위험한 놈 같은데, 정말 괜찮은 거지?! 그것보다 눈앞에 있는 군중부터 어떻게 좀 해! 너 전신 흉기라며?!"

아이기스는 내 말에 답하듯 혼란스러운 군중 속으로 뛰어들었다.

《좋아! 진정한 주인님을 찾은 나는 이 행사장 안에 있는 누구보다 핫하다고! 어이, 비켜! 나한테 닿으면 화상 입을 거다!》

"아뜨뜨뜨뜨뜨뜨뜨! 이 녀석 뭐야?! 이 더운 날씨에 전신 갑옷 따위를 입고 있다니, 완전 바보 아냐?!"

"어이, 밀지 마! 네 갑옷의 철판이 달아올라서, 잠깐, 그만…… 아뜨뜨뜨뜨뜨뜨뜻!"

"누가 이 녀석한테 물 좀 뿌려!"

아, 맞다. 한여름에 햇볕을 맞으며 오랫동안 서 있어서 갑옷이 뜨겁게 달아올랐구나.

뜨거워진 아이기스에게서 도망치는 군중들 사이로 틈이 생기자, 나는 온 힘을 다해 무대 위로 뛰어 올라갔다.

"카, 카즈마 씨! 이, 이 소동을 어떻게 하죠……?"

여전히 관객들과 악수를 나누던 에리스는 우물쭈물하며

그렇게 말했다.

"아이기스가 곧 이곳에 도착할 거니까, 그 녀석 안에 들어가서 인적이 드문 곳으로 이동하세요! ……어이, 에리스 님의 손을 언제까지 잡고 있으려는 거야?! 그렇게 악수가 하고 싶으면 내가 대신해주마!"

"아앗, 하지 마! 평생 손 안 씻을 생각이었는데!"

내가 에리스의 손을 잡고 있던 관객 중 한 명과 억지로 악수를 나눈 순간, 아이기스는 인파를 해치면서 무대 위로 올라왔다.

《오래 기다리셨습니다, 주인님! 부디 어서 제 안으로 들어오시죠! 절 장착하기 위한 키워드는『나, 아이기스 군의 아내가 될래!』입니다. 자, 빨리 말하세요!》

"나,『나, 아이기스 군의 아내가……』."

"속지 마세요, 에리스 님! 야, 인마! 지금은 장난칠 때가 아니잖아!"

내가 그렇게 말하자 아이기스는 유감스럽다는 듯 어깨를 으쓱하며 말했다.

《어쩔 수 없지……. 그럼 갑니다, 주인님! 합, 체!》

아이기스가 그렇게 말한 순간, 찬란한 빛이 발생했다.

그 눈부신 빛 때문에 근처에 있던 나와 사회자, 그리고 행사장 안에 있던 관객들이 허둥지둥 눈을 감았고 잠시 후 다시 에리스를 쳐다보니……!

"뜨뜨뜨뜨, 뜨거워요! 뜨겁다고요, 카즈마 씨! 마치 찜통 안에 갇힌 것 같아요!"

갑옷에 감싸인 에리스가 작은 목소리로 비명을 질렀다.

아차, 그러고 보니 저 녀석은 뜨겁게 달궈진 상태였지!

나는 허둥지둥 아이기스를 향해 오른손을 내밀면서 외쳤다.

"『프리즈』!!!!"

《하지만 마법은 통하지 않았다.》

아아, 진짜! 그러고 보니 이 녀석은 스킬이나 마법이 통하지 않았지!

"에리스 님이 사라졌어?!"

"에리스 님이 어디 가신 거지?!"

"설마 천계로 돌아가신 건가?"

"아냐! 무대에 올라간 저 두 사람이 무슨 짓을 한 거야!"

섬광과 함께 에리스가 느닷없이 사라진 것처럼 보이자, 관객들은 나와 아이기스를 손가락으로 가리키면서 무대 위로 올라오려고 했다.

"이거 큰일인걸……. 어이, 아이기스! 내가 이 자리에 남아서 저놈들의 주의를 끌게! 너는 에리스 님을 데리고 그대로 도망쳐!"

《나만 믿어! 그리고 고생하고 있는 너한테 특급 정보를 알려주지! 역시 에리스 님께서는 좋은 향기가 나!》

이 녀석, 어떻게 할 수 없으려나.

뭐, 방금 그 특급 정보는 정말 끝내주지만 말이야!

"카, 카즈마 씨?! 이 행사장에 있는 분들한테서 살기가 느껴지는데, 위험하지 않을까요……?!"

아이기스의 헛소리에 어울려줄 여유가 없는 듯한 에리스가 갑옷 안에서 그렇게 말했다.

그런 에리스에게—.

"괜찮아요. 상대는 무기가 없거든요. 그리고 지금의 저는 그 누구한테도 지지 않아요."

그렇다. 상대가 맨손이라면 드레인 터치라는 스킬을 지닌 내가 유리하다.

나는 무대에 올라오려는 녀석들을 쳐다보았다.

"너희는 이거나 맞고 머리 좀 식혀! 『크리에이트 워터』!"

내가 그렇게 외친 순간, 대량의 물이 그들을 향해 쏟아졌다!

"크악?! 이 자식!"

"한번 해보자는 거냐! 어이, 이 자식을 해치워버리자!"

"이 녀석은 약해 빠진 걸로 유명한 카즈마라는 모험가야! 해치워!"

물을 뒤집어쓴 녀석들이 무대 위에 올라오더니 나를 향해 쇄도했다.

이걸로 주의를 끄는 것에는 성공했다.

갑옷 안에서 에리스가 저항하고 있는지, 도망치지 못하는 아이기스를 쳐다보며 나는 말했다.

"두목, 빨리 가요. 잡힐 것 같은 상황에서 두목을 도망치게 하는 게 부하의 역할이잖아요."

"조, 조수 군……."

나는 걸음이 떨어지지 않는지 여전히 움직이지 않는 아이기스에게서 돌아서며 말했다.

"그리고 오늘은 축제 마지막 날이잖아요! 축제 하면 노점과 불꽃놀이죠. 그리고 싸움은 축제의 꽃이라고요!"

나는 주먹을 말아 쥐며—.

"덤빌 테면 덤벼봐아아아아아앗!!"

"조수 군~!"

아이기스가 도망치고 있는지, 멀어져 가는 에리스의 목소리를 들으면서 나는 군중을 향해 달려들었다—!

7

팔짱을 낀 채 당당히 서 있는 다크니스가 나를 내려다보고 말했다.

"어이, 흑막. 이번 일 관련으로 뭔가 할 말이 있느냐?"

미인 대회 행사장에서 싸움을 벌인 나는 그 후 경찰에게 체포당했고 그대로 유치장에 갇혔다.

한동안 거기서 머리를 식히라는 말을 듣고, 축제 마지막 날인데도 나는 무릎을 끌어안은 채 홀로 쓸쓸히 있었지만—.

"야, 구해준 건 고맙지만 이런 대접은 좀 너무하지 않아?"

다크니스 덕분에 풀려난 나는 거실에 도착하자마자 거실 중앙에서 무릎을 꿇었다.

그런 내 옆에서 마찬가지로 무릎을 꿇은 아쿠아는 젤 킹을 안은 채 눈을 반짝이며 나를 쳐다보고 있었다.

이 녀석도 사고를 친 것 같았다.

아쿠아 녀석, 왜 같이 혼날 동지가 늘었다는 눈길로 나를 쳐다보는 걸까.

나와 함께 유치장에서 풀려난 메구밍은 소파에서 축 늘어진 채 어이가 없다는 표정으로 나를 쳐다보고 있었다.

"그리고 흑막은 또 무슨 소리야? 내가 유치장에 갇혀 있던 사이에 무슨 일이 있었는지 설명해달라고."

나는 딱히 찔리는 구석은 없었지만, 여차하면 바로 DOGEZA[#2]를 할 수 있도록 양손을 융단에 올려놓았다.

"그럼 묻겠다. ……너, 상점가 회장에게 축제의 공동 개최를 제안하면서 이렇게 말했다면서? 아쿠시즈 교단과 에리스 교단을 부추겨서 대립시키기만 해도 축제가 열기를 띨 테니 대박이 날 거라고 말이다."

나는 물 흐르는 듯한 동작으로 멋지게 DOGEZA를 감행

#2 DOGEZA 상대방에게 사죄의 뜻을 표하기 위해 땅에 엎드려 고개를 조아리는 행위.

했다.

다크니스는 그런 나를 말리지도 않으며 말을 이었다.

"게다가 아쿠아의 말에 따르면, 에리스 감사제와 공동 개최하자는 아이디어를 가장 먼저 내놓은 사람이 아쿠아가 아니라 너라던데? 그리고 상점가 회장의 말로는 점원에게 수영복 차림을 하게 한 것과 가장 퍼레이드 같은 엉큼한 기획들은 전부 네가 제안한 거라더군. ……어이, 어드바이저님. 이건 회장이 아까 주고 간 거다. 이번 일에 대한 사례라더구나."

회장이 구태여 여기까지 사례를 전달하러 온 바람에 전부 들통난 것 같았다.

그러고 보니 나와 다크니스가 한 지붕 아래에서 살고 있다는 사실을 아는 사람은 거의 없다.

어쩌지. 다른 사람들의 시선이 너무 차가워.

바보가 된 척이라도 하면 봐주지 않을까?

"카즈마, 그렇게 송구스러운 표정 짓지 마라. 마치 우리가 너를 괴롭히는 것 같지 않느냐. 뭐, 축제 매상의 일부를 차지하는 건 전 영주가 남긴 악습이지. 그러니 너는 잘못한 게 없다. 이건 당당하게 받아도 된다. ……자, 어드바이저님. 안 받을 것이냐?"

다크니스는 일부러 걱정스러운 표정을 짓더니 거금이 든 봉투를 나에게 보여줬다.

그만하세요. 실컷 화를 내는 편이 차라리 낫다고요.

"잠깐만요, 다크니스. 저는 그것보다 더 신경 쓰이는 게 있어요. ……카즈마. 듣자 하니 당신 요즘 들어 많은 여자들과 사이좋게 지낸다면서요? 서큐버스 코스프레를 한 언니와 밤새도록 술을 마셨다고 들었어요. 아, 딱히 그게 잘못이란 건 아니에요. 카즈마가 누군가와 사귀고 있는 건 아니잖아요."

메구밍이 더 엄청난 폭탄을 투하했다.

"너, 너, 이번에는 정말 멋대로 일을 벌였구나……. 뭐, 나도 너한테 뭐라고 할 입장도, 그럴 관계도 아니지. 하지만 전에 나와 그렇고 그런 짓을 했으면서 그런 짓을 하는 건 좀 그렇지 않느냐?"

잠깐, 다크니스까지 무슨 소리를 하는 거야?

메구밍은 그 말을 듣더니 다크니스를 쳐다보았다.

"어, 그건 흘려들을 수 없는 말이군요! 대체 언제 그렇고 그런 짓을 한 거죠? 예? 영주한테서 구출됐다고 자기가 공주님이라도 됐다고 착각한 건가요? 그리고 그렇고 그런 짓이라는 게 대체 어떤 그렇고 그런 짓을 말하는 거죠? 축제 분위기에 편승해 육체관계를 가지려고 하다니, 정말 밝히는군요!"

"무무, 무슨 소리를 하는 것이냐……?! 아직 육체관계를 가지지는……!"

"방금 아직이라고 했죠? 다시 말해, 언젠가는 육체관계를 가질 예정이라는 거군요! 진짜 음란하네요!"

메구밍에게 멱살을 잡힌 다크니스가 비명을 지르는 모습을 곁눈질하면서 나는 아쿠아에게 말했다.

"어이, 아쿠아. 나 지금 하렘 만화 주인공 같지 않아?"

"하아, 무릎 꿇은 상태에서 혼나고 있는데 왜 이렇게 기뻐하는 건지 모르겠네."

우리의 대화를 들은 다크니스가 메구밍의 추궁을 피하려는 것인지…….

"마, 맞아! 아쿠아! 다음은 너다! 대체 무슨 생각으로 그런 짓을 벌인 것이냐!"

……머리카락이 헝클어진 상태에서 허둥지둥 그렇게 외쳤다.

"……저기, 다크니스. 우리 대화로 풀자. 그 가면 악마도 말했잖아. 인간은 대화가 성립하는 종족이라고 말이야."

그러고 보니 이 녀석은 대체 무슨 짓을 한 걸까.

"그래, 나도 대화는 중요하다고 생각한다. 처음부터 대화를 나눴다면 이런 소동은 일어나지 않았겠지."

내 옆에서 무릎을 꿇은 채 자신의 허벅지에 놓인 젤 킹을 꼭 끌어안은 아쿠아가 평소와 달리 이성적인 발언을 하자, 다크니스는 그 말을 곱씹는 듯한 어조로 그렇게 대답했다.

―자세히 들어보니 아쿠아는 이런 짓을 벌였다고 한다.

여신 에리스 콘테스트가 벌어진 그날…….

며칠 동안 큰 매상을 올려서 우쭐해진 아쿠시즈 교도는,

에리스 교단의 숨통을 끊기 위해 아쿠아가 고안한 장사를 시작했다.

세실리가 말했던 아쿠아의 비책이라는 게 바로 그것이었다.

일본에 관해 쓸데없는 지식만 잔뜩 아는 이 바보가 당치도 않은 장사를 시작한 것이다.

"그런데 용케도 그런 장사를 생각해 냈군요. 이건 가장 먼저 시작한 사람이 거금을 버는 구조잖아요. 아쿠아가 생각한 것치고는 너무 그럴듯해요."

메구밍은 감탄하면서 그렇게 말했다.

그러자 다크니스는 그딴 것은 아무래도 상관없다는 듯이 몸을 숙이면서 말했다.

"이 다단계라는 건 대체 누구한테 배운 거지? 이런 고도의 범죄를 아쿠아 혼자서 생각해 냈을 리가 없다."

그리고 다크니스는 아쿠아를 향해 얼굴을 내밀었다.

그러자 아쿠아는 얼굴을 휙 돌리면서 한 사람을 손가락으로 가리켰다.

바로 나였다.

"인마, 헛소리하지 마! 그리고 남 탓으로 돌리지 말라고! 빚더미에 앉아 있었을 때, 빚을 하도 못 갚으니 확 다단계라도 하자고 말한 적은 있어! 그리고 방법도 설명해주기는 했다고!"

"역시 네놈이냐! 너는 대체 얼마나 일을 크게 벌려야 직성이 풀리는 것이냐!"

"기다려. 이건 내가 고안한 장사가 아냐! 우리나라에선 유명한 범죄라고. 어이, 아쿠아! 너도 이게 범죄라는 건 알고 있었잖아! 안 들리는 척하지 마!"

그렇다. 이 바보는 아쿠시즈 교도들을 이용해 다단계 사기를 벌였던 것이다.

지구처럼 법이 잘 정비되지 않은 이세계라면 다단계 사기로 대박을 터뜨릴 수 있을 거라고 생각한 모양이었다.

축제에 몰려든 수많은 손님들 덕분에 그 시스템은 순식간에 퍼져 나갔고, 겨우 하루 만에 엄청난 돈을 벌어들였다.

지나치게 벌어들였다.

다크니스에게 걸릴 정도로 말이다.

얌전히 이야기를 듣고 있던 아쿠아는 갑자기 다크니스를 향해 고개를 들면서 말했다.

"하지만 어쩔 수 없잖아. 무슨 콘테스트에 에리스가 어른스럽지 못하게 참가한 바람에, 그대로 있었다간 에리스 교단에게 역전당할 것 같았단 말이야! 게다가 내년부터 아쿠아 축제를 단독으로 개최하기 위해서는 거금이 필요했어!"

"그렇다고 범죄를 저질러도 된다고 생각한 것이냐?! 그리고 애초에 아쿠아가 아쿠시즈 교단의 축제도 개최하고 싶다고 억지를 부려서……."

"그렇지만 에리스가 샘났단 말이야! 왜 내 축제는 없는 건데! 왜 나를 숭배하지 않는 거냐구! 나도 숭배하고, 떠받들어달란 말이야! 그리고, 다단계는 아직 범죄가 아냐!"

"확실히 아직은 범죄가 아니다. 『아직은』 말이다! 새로운 사기에 대한 법 정비가 되지 않았을 뿐, 그건 엄연한 악행이다!"

점점 흥분하는 두 사람을 본 나와 메구밍은 서로를 쳐다보며 쓴웃음을 지었다.

"법이 정비되지 않았다면, 내가 한 장사는 아직 범죄 행위에 해당하지 않는 거잖아! 그럼 돈을 돌려줘! 내년에 아쿠아 축제를 개최하기 위한 돈을 돌려달란 말이야!!"

"그 돈은 이미 피해자에게 돌려줬다! 계속 억지를 부리면 메구밍과 카즈마처럼 너한테도 전과가 붙을 거다!"

"자, 잠깐만요! 이번에 저는 머리를 식히라며 유치장에 구류되기만 했지, 전과는 붙지 않았어요!"

"나, 나도 주의만 받았다고!"

에필로그1 —여신에게 감사와 축복을—

해가 완전히 졌을 즈음, 나는 상업구에 있는 어느 파티장에 도착했다.

"카즈마, 왜 이렇게 늦었어?! 다들 이미 시작했단 말이야! 자, 빨리 이쪽으로 와!"

—후야제, 와는 조금 다른가.

이것은 축제 마지막 날에 열리는 뒤풀이 같은 것이다.

상점가 측에서 빌린 이 파티장에서는 이번 축제의 관계자들이 참가하는 연회가 열렸다.

파티장에는 상점가 회장과 임원들을 비롯해 에리스 교도와 아쿠시즈 교도도 있었다.

내가 먼저 와 있던 아쿠아의 옆에 앉으며 말했다.

"야, 저 사람들을 한곳에 모아 두는 건, 여신과 악마를 같은 우리 안에 가둬 두는 거나 마찬가지 아냐?"

아쿠아는 내 비유를 들더니 인상을 쓰면서 말했다.

"저기, 흑막 백수. 아무리 그래도 에리스 교도 애들을 악마에 비유하지는 마. 그리고 이건 축제가 무사히 끝난 것을 축하하는 뒤풀이 자리잖아? 우리 애들은 연회 자리에서 싸움을 하지 않아."

아쿠시즈 교도를 악마에 비유한 것이었지만 아무튼 좋다.

아쿠아의 말대로 아쿠시즈 교도들은 에리스 교도에게 싸움이나 시비를 걸지 않았다. 오히려 솔선해서 술을 따라주며 즐겁게 떠들고 있었다.

"혹시 너희는 항상 연회를 벌이고 있으면 문제를 안 일으키는 거 아냐?"

"왠지 바보 취급을 당하는 것 같지만 틀린 말은 아냐. 참고로 그건 나도 마찬가지야. 나를 얌전하게 만들고 싶으면 매일 비싼 술을 바쳐."

"너, 드디어 자기가 골치 아픈 일을 일으키는 원인이라는 걸 인정했구나."

파티장에는 내가 아는 이들도 꽤 있었다.

세실리라는 이름의 프리스트가 술에 취해 얼굴이 시뻘게진 에리스 교도 여자애에게 볼을 비비고 있었다. 그리고 상점가 사람들도 참가해서 바닐과 위즈가 어찌 된 영문인지 융융과 함께 파티를 즐기고 있었다.

그리고—.

"자, 다크니스! 마셔! 메구밍도 마시란 말이야!"

"너는 술자리에서만 흥이 치솟는구나. 어, 어이, 알았으니까 메구밍에게 술을 권하지 마라! 메구밍 몫은 내가 마시겠다!"

"다크니스, 저는 이제 애가 아니니까 이럴 때는 술을 마시게 해줘요! 결혼도 할 수 있는 나이란 말이에요! 아, 카즈마, 왜 이렇게 늦었어요! 그것보다 카즈마도 다크니스에게 한마디 해주세요! 저는 카즈마랑 두 살밖에 차이 안 나잖아요!"

얼굴이 새빨개진 크리스가 다크니스와 메구밍에게 술을 권하고 있었다.

여신들은 하나같이 연회를 좋아하는 걸까.

"너한테 술은 아직 일러. 그리고 메구밍과 난 세 살 차이야. 실은 오늘이 바로 내 생일이거든!"

그렇다. 오늘은 내가 이 세계에 와서 처음으로 맞이한 생일이다.

자기 입으로 오늘이 생일이라고 밝히려니 좀 멋쩍었지만 가능하면 다른 이들에게 축하를 받고 싶었다.

내가 아련한 기대를 품으며 아쿠아를 쳐다보니—.

"흐음. 축하해. 그럼 카즈마, 선물 줘."

바로 내 생일을 축하해주면서—.

"……선물? 어, 무슨 소리를 하는 거야? 왜 내가 너한테 선물을 줘야 하는 건데?"

내가 영문을 모르겠다는 반응을 보이자, 아쿠아는 고개를 절레절레 저으면서 말했다.

"그러고 보니 카즈마는 이 나라의 풍습을 잘 모르는 멍청

이였지. 좋아, 내가 가르쳐줄게. 이 나라에서는 말이야, 생일을 맞이한 사람이 신세를 진 사람들에게 선물을 줘. 너희 덕분에 무사히 1년을 보낼 수 있었다는 감사의 마음을 담아서 말이야."

맙소사. 이 세계는 완전 글러 먹었잖아.

하지만 몬스터 때문에 평균 수명이 짧은 이 세계에서는 그런 풍습도—.

"그런 풍습 없어요. 카즈마, 생일 축하해요. 집에 돌아가면 멋진 선물을 줄게요."

메구밍이 그렇게 말한 순간, 나는 아쿠아에게 달려들었다.

"생일이 언제인지도 확실치 않은 연령 미상 할망구가 또 거짓말한 거냐?! 인마, 생일과 나이를 말해! 말하라고!"

"우에에에에에엥! 카즈마가 또 해선 안 되는 말을 했어! 진짜로 천벌을 내릴 테니까 각오해!"

아쿠아와 내가 서로의 목을 졸라대고 있을 때, 손수건을 대고 술잔을 쥔 다크니스가 말했다.

"카즈마, 생일 축하한다. 나도 집에 돌아가면 선물을 주마. 그리고 미안하다. 미리 알았다면 준비했을 텐데……."

"아, 고마워. 미리 말하는 편이 나았을지도 모르겠네. 메구밍의 생일도 그냥 지나갔으니까, 다음에는 제대로 축하해 주자고. 그런데 다크니스의 생일은 언제야? 귀족이니까 엄청 화려한 파티를 열겠지?"

"뭐. 내, 내 생일 말이냐? ……뭐, 그, 그게……."

다크니스가 시선을 피하며 우물쭈물하고 있자 크리스가 별일 아니라는 투로 이렇게 말했다.

"다크니스의 생일이라면 한참 전에 지나갔어. 올해 봄에 커다란 생일 파티가 열렸잖아? 그런데 조수 군과 너희는 왜 안 왔어?"

다크니스는 그 말을 듣고 몸을 부르르 떨었고 나는 뭐가 어떻게 된 것인지 바로 감이 왔다.

"너, 내가 참가했다간 소동이 일어날 것 같아서 일부러 초대 안 한 거지? 우리가 다른 귀족들한테 사고 칠 거라고 생각한 거겠지!"

"그런 거야?! 너무해! 그러고 보니 다크니스는 아이리스라는 애가 우리를 표창할 때도 사퇴를 권했잖아!"

"혼쭐을 내주죠! 이 착각 대장 아가씨를 다 같이 혼쭐 내주자고요!"

아쿠아와 메구밍에게 괴롭힘을 당하며 울상 짓는 다크니스를 보고 있자니, 쓴웃음을 머금은 채 그 광경을 보던 크리스가 잠시 밖으로 나가자는 듯 내 소매를 살짝 잡아당겼다.

"—정말 난리도 아니었어. ……하아, 다크니스에게 들었어. 네가 원흉이라면서?"

파티장에서 빠져나와 근처를 거닐며 술 때문에 달아오른 얼굴을 밤바람으로 식히고 있을 때, 크리스는 약간 삐친 목소리로 그렇게 말했다.

에리스 자신이 자신의 콘테스트에 참가한 후…….

여신이 강림한 것은 정말 큰 사건이었는지, 마법과 전서구, 그리고 파발마 등 각종 수단을 통해 주변 마을과 왕도에까지 그 사실이 대대적으로 알려졌다.

상점가 회장에게 들은 이야기에 따르면, 이곳 액셀은 앞으로 여신이 강림한 마을로서 에리스 교도들의 성지로 여겨질 것이라고 한다.

"그, 그건 정말 죄송해요. 앞으로도 신기를 찾는 걸 도와드릴 테니까 봐주세요……. 하지만 상점가 임원들이 그랬어요. 그런 일이 있었으니 여신 에리스 감사제는 죽는 한이 있어도 계속할 수밖에 없다고요."

크리스는 그 말을 듣더니 그다지 싫지 않은 기색으로 배시시 웃었다.

"그렇구나……. 뭐, 그때 무대 위에서 아이기스와 함께 나를 구해준 점을 고려해 용서해줄게!"

"고맙습니다, 여신님! 감사합니다!"

우리는 농담 투로 그런 이야기를 나누면서, 아직 축제의 열기가 가시지 않은 마을 안을 돌아다녔다.

그 후, 미인 대회 행사장에서 무사히 탈출한 아이기스는 현재 크리스의 말에 순순히 따르고 있는 것 같았다.

크리스는 조만간 아이기스에게 걸맞은 소유자를 찾아내서 마왕군을 쓰러뜨릴 비장의 카드로 삼으라며 하사할 생각이라고 했다.

아이기스가 희망하는 주인은 소드 마스터였으며 크리스는 가능한 한 그 소망을 들어줄 생각인 모양이었다.

이것으로 이번 신기 수색도, 에리스 교단과 아쿠시즈 교단의 다툼도 원만하게 해결된 것 같았다.

하지만 이제 와서 생각해보니 역시 진짜 여신님의 영향력은 정말 대단한걸.

그것도 그럴 것이, 이렇게 걸어 다니기만 해도—.

"하아……. 에리스 님은 아직 이 마을 어딘가에 계실까? 에리스 님 그림을 처음 봤을 때부터 계속 흠모해 왔는데……."

"설령 계시더라도 음흉한 마음을 품고 있는 네 앞에는 나타나지 않으실걸? 나 같은 경건한 에리스 교도 앞에는 언젠가 나타나실지도 모르지만 말이야."

"음흉한 건 내가 아니라 너잖아? 결혼 자금에 손대면서까지 텔레포트 서비스로 허둥지둥 이 마을에 왔으면서."

"멍청아, 나는 에리스 님께 결혼을 축복받기 위해서 온 거야. 애인한테도 허락을 받았다고."

2인조 남자가 흥분한 채 그런 이야기를 나누고 있었다.

나는 그런 두 사람의 옆을 지나가며 말했다.

"……들었죠? 에리스 님, 축복해주지 않을 거예요?"

"조수 군, 지금의 나는 에리스 님이 아니라 크리스 님이야. 내가 지금 할 수 있는 건 너희 집에서 보물을 훔쳐서, 저 사람이 사용한 결혼 자금을 보충해주는 것뿐이란 말이야."

우리는 그런 이야기를 나눈 후, 누가 먼저랄 것 없이 웃음을 터뜨렸다.

그리고 우리가 갑자기 걸음을 멈추며 웃음을 터뜨린 탓에 누군가가 크리스의 등에 부딪쳤다.

고개를 돌려보니 부딪친 건 어린 자매였으며, 둘 다 예쁜 꽃을 들고 있었다.

"죄, 죄송해요!"

"잘못했어요!"

자매는 크리스에게 허둥지둥 사과했다.

"나야말로 갑자기 멈춰서 미안해! 넘어지지는 않았어?"

크리스도 그렇게 말하며 고개를 숙였다.

자매 중에 동생으로 보이는 애가 들고 있던 꽃이 땅에 떨어졌다.

크리스는 허둥지둥 그것을 줍더니—.

"미, 미안! 나 때문에 크리스를 떨어뜨렸구나!"

그렇게 말하고 보라색 꽃을 그 아이에게 건넸다.

"크리스? ……혹시 그 꽃의 이름이야?"

나는 크리스가 여자애에게 돌려준 꽃을 보면서 그렇게 중얼거렸다.

"그래, 이 꽃의 이름이 크리스야. 꽃말은 포기하지 않는 마음이지."

크리스가 그렇게 말하자 자매 중 언니로 보이는 애가 감탄하며 말했다.

"그렇구나~. 저기, 어쩌다 볼에 상처가 난 거야? 몸에 상처가 있는 걸 보면 모험가인가 보네? 모험가는 하나같이 난폭하다고 아빠가 그랬어. 그런데 난폭한 사람이 어떻게 꽃에 대해 그렇게 잘 알아?"

그 아이는 어린애 특유의 질문 공세로 크리스를 난처하게 만들었다.

크리스는 볼을 긁적이며 입을 열었다.

"으음……. 이 상처는 나쁜 마왕군과 싸우다 입은 거야. 그리고 나는 모험가지만, 모험가 중엔 난폭하지 않은 사람도 있어. 저기 있는 오빠처럼 말이야."

그렇게 말한 크리스는 나를 쳐다보며 웃음을 흘렸다.

"그리고 내가 꽃말을 아는 건 그 꽃뿐이야. 이 꽃과 내 눈동자의 색깔이 똑같지? 난 이 크리스라는 꽃을 정말 좋아해."

크리스는 몸을 숙이더니 두 여자애와 눈높이를 맞췄다. 그리고 꽃을 향해 얼굴을 내밀면서 향기를 맡았다.

"그랬구나. 이 꽃은 에리스 님께 바칠 거야. 언니랑 용돈을 모아서 같이 샀어."

"응. 에리스 님도 이 꽃을 좋아하신대!"

"흐음……. 에리스 님의 취향도 아는구나. 대단하네! 하지만 에리스 님은 너희 같은 아이들이 소중한 용돈을 털어서 이런 걸 바쳤다는 사실을 알면 기쁘기는 하겠지만, 그래도 분명 난처해하실 거라고 생각해. 그러니까 앞으로 이러지 않는다면 에리스 님도 기뻐하실 거야."

크리스는 난처한 표정으로 그렇게 말하고 두 소녀의 머리를 부드럽게 쓰다듬었다.

"그렇구나……. 하지만 우리는 에리스 님께 감사하고 싶었어."

"……감사?"

크리스는 고개를 갸웃거렸다.

"응, 감사. 엄마한테 들었어. 우리가 평화롭게 살 수 있는 건 나쁜 마왕에게 대항할 수 있도록 에리스 님께서 다양한 도움을 주고 계시기 때문이래."

"그리고 에리스 님은 아무도 모르게 힘쓰고 계신대. 그러니까 에리스 님께 감사하고 싶어. 그리고 응원할 거야."

크리스는 그 말을 듣더니—.

"그, 그렇구나……. 하지만 그 마음만으로도 에리스 님은 기뻐하실 거야. 그리고 응원해줘서 고맙다고 생각하실 게 분명해."

그렇게 말하면서 약간 난처한 듯—.

그리고 왠지 구원을 받은 듯한 표정을 지으며 부끄러운지 볼을 긁적였다.

그런 크리스를 쳐다보던 여동생 쪽이 말했다.

"……그러고 보니 모험가님은 눈동자랑 머리 색이 에리스 님이랑 똑같네."

어린애는 의외로 날카로운걸.

언니 쪽도 허둥대고 있는 크리스의 머리카락을 지그시 쳐다보았다.

……딱히 크리스의 정체를 눈치챈 것은 아니리라.

이건 어린애 특유의 변덕일 거라고 생각한다.

그 여자애는 무슨 생각을 한 것인지 들고 있던 꽃을 크리스에게 내밀었다.

"에리스 님께는 동생이 들고 있는 꽃을 바치면 되니까, 이건 모험가님한테 줄게. 몬스터한테서 우리를 지켜줘서 고마워!"

"고마워!"

두 소녀는 그렇게 말하며 크리스를 향해 꽃을 건네더니 환한 미소를 지었다.

"아, 아하하. 이, 이야~, 난처하게 됐네. 나, 나야말로, 고마워……!"

소녀에게 느닷없이 선물을 받은 크리스는 얼굴을 새빨갛게 붉히면서도 어찌어찌 그렇게 말했다. 그런 그녀의 눈에는 희미하게 눈물이 맺혀 있었고 입가에는 멋쩍은 미소가 어려 있었다.

그 모습을 본 두 소녀는 미소를 지으면서 어딘가로 뛰어갔다.

"그럼 또 봐, 오빠! 잘 가~!"

"잘 가~!"

"어?! 저기, 잠깐만! 나는 오빠가 아니라 언니거든?!"

헤어지면서 또 한 방 먹은 크리스가, 아까와는 다른 이유로 울상을 짓고 두 소녀를 향해 고함을 질렀다.

"저기, 혹시 크리스라는 이름은……."

크리스는 방금 받은 꽃에 얼굴을 가져가더니, 눈을 감은 채 꽃향기를 맡으며 입을 열었다.

"응, 이 꽃에서 딴 거야."

크리스는 그렇게 말하더니 행복한 표정으로 두 소녀의 뒷모습을 쳐다보았다.

"……안이하게 본명 에리스에서 한 글자만 바꿔서 지은 게 아니었군요."

"너는 대체 나를 뭐로 보는 거야?"

크리스는 꽃에 코를 댄 채 나를 지그시 쳐다보았다.

"그야……. 혼자서 남몰래 열심히 노력해 온, 내가 이 세상에서 유일하게 존경하는 분이라고 생각하죠."

"……그, 그래? 그렇구나. 뭐, 그럼 됐어."

크리스는 고개를 휙 돌리더니 파티장으로 돌아가기 위해 걸음을 옮겼다.

"어, 부끄러워하는 거예요? 부끄러워하는 거죠? 두목."

"시, 시끄러워, 조수 군. 입 좀 다물어줄래?"

"고개 돌려도 소용없어요. 귀도 새빨갛거든요. 역시 에리스 님은 귀엽네요. 저와 결혼해주실래요?"

"시끄러워요. 시끄럽다고요, 카즈마 씨. 여신을 더 놀렸다간 천벌을 내릴 거예요. 그리고 그런 말은 함부로 하지 마세요. 나중에 다크니스와 메구밍 양에게 카즈마 씨한테서 프러포즈 받았다고 확 말해버릴 거예요."

크리스는 나를 쳐다보지 않은 채 그런 말을 늘어놓았다.

여전히 얼굴이 새빨간 크리스는 나를 쳐다보지 않은 채 언짢은 듯 걸음을 옮기면서—.

"저기, 조수 군."

"왜요?"

마치 소중한 보물처럼, 방금 받은 꽃을 품에 안은 채—.

"……여러모로 고마워."

어린 신자들의 말을 통해 지금까지 해 온 노력을 보답받은 여신님은, 그 작은 목소리에 여러 마음을 담아 그렇게 말했다.

그런, 역시 미워할 수 없고 놀리는 맛이 있는 친구를 쫓으면서…….

민폐 덩어리에, 시끌벅적했던 축제가 끝났다는 사실 때문에 나는 아주 약간이지만 쓸쓸함을 느꼈다—.

에필로그2 ―축제가 끝난 후에―

축제가 끝나고 마을이 조용해진 어느 날의 일이다.

내가 거실 소파에 드러누운 채 존재감 넘치는 껍데기에 안겨 있는 노란색 털북숭이를 손가락으로 콕콕 찔러 대자, 아쿠아가 환한 목소리로 말했다.

"저기, 카즈마. 세실리한테서 감사장이 왔어. 『이번에 아쿠시즈 교단 액셀 지부의 교회를 멋지게 탈바꿈했습니다. 게다가 내년 축제 때도 에리스 교회 측의 배려로 공동 개최할 수 있을 듯합니다. 이건 전부 거액의 기부금을 내주신 사토 님 덕분입니다. 그러니 당신을 명예 아쿠시즈 교도로―』."

"우랴아아아아앗!"

"꺄아아아아아아앗~!"

나는 아쿠아가 읽고 있던 감사장을 무자비하게 찢어버렸다.

"너무해! 우리 교단 애가 열심히 쓴 감사장의 어디가 마음에 안 든 건데?! 이 얼간이 백수야!"

"하나부터 열까지 전부 마음에 안 든다고! 왜 내가 네 신자가 되어야 하는데?! 완전 벌칙이잖아!"

나는 결국 어드바이저로서 번 보수를 아쿠아에게 줬다.

아쿠아가 카오룽즈 히드라와 싸워서 번 돈뿐만 아니라, 조금씩 모아 왔던 돈까지 축제 개최 자금으로 썼다는 이야기를 듣고 죄책감을 느낀 것이다.

그 낡은 교회를 다시 세우는 것에도 협력했으니, 이걸로 빚은 갚았다고 생각했지만—.

"흐흥, 카즈마는 츤데레구나. 세실리가 그랬어. 카즈마 씨에게는 츤데레 성분이 다량 함유되어 있으니까, 싫다는 말은 좋다는 말로 받아들이면 된다고 말이야."

"난 그 여자랑 네가 정말 싫어."

"……어머나. 츤데레다운 귀여움이 전혀 느껴지질 않네."

아쿠아는 내 맞은편에 앉아 「그러고 보니」라고 중얼거리며 고개를 갸웃거렸다.

"저기, 카즈마. 물어볼 게 있어. 에리스가 미인 대회에 나타났다고 들었는데, 그 후에 어디 갔는지 몰라? 그 애, 모처럼 지상에 왔으면서 나한테 인사도 없더라고. 선배로서 따끔하게 한마디 해줘야겠네."

에리스에게 그렇게 폐를 끼쳐 놓고도 선배로서 체면을 따지려고 하는 아쿠아를 보며 나는 대단하다고 생각했다. 그리고 소파에서 일어난 후, 바닐의 껍데기에 찰싹 달라붙어 있는 젤 킹을 들었다.

모든 일이 마무리되었다고 생각했는데, 그러고 보니 이 녀석의 처우 문제가 아직 남아 있었다.

마력만 많은 이 병아리를 유용하게 활용할 방법은 없는 것일까.

"저기, 젤 킹을 그렇게 함부로 대하다간 나중에 쓴맛을 보게 될걸? 젤 킹이 다 자란 후에 카즈마를 덮쳐도 나는 말리지 않을 거야."

"좋아, 그럼 다 자라기 전에 해치워버려야겠군."

"……걱정하지 마. 젤 킹은 마음이 넓고 착한 아이니까 무서워하지 않아도 돼. ……자, 젤 킹, 이리 온. 저 사람은 정육점 아저씨에 버금갈 만큼 무서운 사람이니까 조심해."

정육점 아저씨가 대체 누군데.

젤 킹이 존재감 넘치는 껍데기 쪽으로 가서 뒹굴뒹굴하고 있을 때였다.

"휴우……. 드디어 일이 끝났군……. 에리스 님께서 강림하신 것은 정말 감사한 일이지만, 이렇게 사람들이 몰려드니 정말 난리도 아닌걸……."

지금까지 영주 대행 업무를 보고 있던 다크니스가 관자놀이를 손가락으로 누르면서 돌아왔다.

"수고했어. 영주 업무도 장난이 아닌가 보네. 에리스 님 강림 사건 덕분에 여행객이 부쩍 늘었잖아. 덕분에 경기가 좋아졌으니까 잘된 거 아냐?"

"사람이 늘어난 건 좋은 일이지만……. 뭐, 이 축제 기간에 아버지도 건강이 좋아지셨다. 성가신 영주 업무도 오늘로 끝이지. 이제부터는 마음 편히 퀘스트를 하러 갈 수 있겠군."

그렇게 말하며 환한 표정을 짓고 있는 다크니스를 향해 내가 말했다.

"뭐? 너 지금 무슨 소리를 하는 거야? 나는 이제 일 안 할 거야. 이제 일을 해야 할 이유가 없거든. 내 요리 스킬을 살려 귀여운 점원만 잔뜩 있는 음식점을, 취미와 이익을 추구하며 차려보는 것도 괜찮다고 생각해. 그러니 퀘스트 같은 건 안 할 거라고. 아쿠아, 내 말 맞지?"

"그래. 한동안은 젤 킹의 육아에 힘쓰고 싶으니까 나도 사양할래. 카즈마에게서 받은 돈은 교회 재건과 내년 축제 자금, 그리고 술자리 비용으로 써버렸지만, 앞으로는 카즈마의 돈으로 느긋하게 놀면서 살 거야. 나도 위험한 퀘스트는 안 하고, 이제 저택에서 뒹굴다가 1년에 한 번 열리는 축제 때 숭배나 받을 거야."

내 말에 아쿠아가 동의를—.

"……야, 잠깐만. 내가 왜 너를 먹여 살려야 하는 건데. 식비 정도는 내 줄 수도 있지만, 네 용돈은 직접 벌어. ……그리고 너, 내가 준 돈을 벌써 다 쓴 거야?"

"응. 하지만 용돈이라면 걱정하지 마. 나한테 돈을 긁어모을 아이디어가 더 있거든."

…….

"너희 둘 다 축제 때는 그렇게 열성적이었으면서……. 그것보다 아쿠아. 네가 말하는 그 아이디어가 대체 뭐지? 실행에 옮기기 전에 나에게 먼저 설명해봐라."

"싫어."

…………이윽고 다크니스의 설교가 시작되자 아쿠아는 귀를 막으며 들은 척도 하지 않았다.

그런 두 사람을 쳐다보며 손바닥 위에 올려놓은 젤 킹을 쓰다듬고 있을 때, 2층에 있던 메구밍이 원피스 차림으로 내려왔다.

평소와 마찬가지로 난리 법석을 떨고 있는 두 사람을 쳐다보고 한순간 미소를 지은 메구밍이 내 옆에 앉았다.

"모처럼의 축제가 딱히 즐거운 이벤트도 일어나지 않은 채 허둥대다 끝나고 말았네요. 뭐, 우리답기는 하지만요."

"맞아. 축제는 원래 좀 더 신 나고, 시끌벅적하고, 즐겁고, 무드도 있는 거잖아. 대체 왜 불꽃놀이 때 몬스터와 싸워야 하는 건데. 그리고 좀 연장해줬으면 좋겠어. 하다못해 제대로 된 불꽃놀이라도 개최해달란 말이야."

나는 불꽃놀이 때 메구밍과 살짝 좋은 분위기가 될 뻔했던 걸 떠올리며 불만 섞인 농담을 입에 담았다.

메구밍은 그런 나를 보더니 웃음을 흘리며 말했다.

"……그러고 보니 카즈마는 얼마 전에 생일이었죠. 그럼 선물을 줘야겠네요."

"그렇게 신경 쓸 필요 없어. 하지만 뭘 주려는 건지는 좀 궁금하네. 아쿠아처럼 이상한 모양의 돌은 아니겠지?"

내가 놀리는 어조로 그렇게 말하자 메구밍은 내 귓가에 얼굴을 대며 속삭였다.

"오늘 밤에 제 방에 오지 않겠어요? 카즈마와 중요한 이야기를 하고 싶어요."

■작가 후기

팔꿈치를 턱 끝에 댈 수 있는 소설가, 아카츠키 나츠메입니다.

8권을 구매해 주셔서 감사합니다!

때로는 한숨 돌릴 수 있는 내용을 담는 것도 좋을 것 같아서 이번 8권은 좀 느슨하면서도 허둥지둥하는 느낌으로 가봤습니다.

왕도 하렘 라이트 노벨 같아졌다고 생각하며 가슴이 뛴 분이 계시다면, 이 작품에 과도한 기대를 하지 말아달라고만 말씀드리겠습니다.

인생의 봄을 맞이한 주인공이 느닷없이 운석을 맞고 죽은 바람에, 다음 권부터는 주인공 최강 하렘 소설, 『마검 용사 미츠루기』 혹은 『최강 악마 전설 바닐밀드』가 시작될지도 모르니까요.

최강 악마 전설은 아니지만 더 스니커 WEB에 스핀오프 작품, 『이 가면 쓴 악마에게 상담을!』이 올라와 있으니 괜찮다면 읽어주셨으면 합니다.

—요전번에 애니메이션 수록 현장에 찬물을 끼얹으러…… 견학을 하러 갔습니다.

수록 현장에는 왠지 조작해보고 싶어지는 기자재가 곳곳에 있어서 좀이 쑤셨습니다만, 일단 방해가 되지 않도록 얌전히 있었습니다.

그것보다 수록 현장은 정말 엄청나더군요.

성우분들을 괴롭히는 게 분명해, 하는 생각이 들 정도의 무모한 지시를 하는 사람들이 정말 엄청났습니다.

그리고 그 무모한 지시에 당황하면서도 멋지게 대응하시는 성우분들도 엄청났습니다.

유명 성우분들에게 왜 이런 역할을 시키는 거야 같은 생각도 엄청 들었습니다.

이미 캐스팅이 발표된 성우분들 이외에도 많은 분들이 참가해주셨으니 기대해주시길!

그리고 애니메이션화를 기념해 사인회를 하는 것 같습니다.

글자가 더럽고 사람들과 만나는 것에 익숙하지 않기 때문에 죽은 척을 하거나 시골로 도망갈 수밖에 없다고 생각했습니다. 하지만 「응원해주시는 독자분들을 위해 꼭 좀!」이라는 말을 듣고 현재 열심히 사인을 연습하고 있습니다.

—이번 권도 미시마 쿠로네 선생님, 담당 편집자이신 S씨를 비롯해 많은 분들 덕분에 무사히 책이 나올 수 있었습니다. 감사합니다.

그리고 이 책을 읽어주신 모든 독자 여러분에게, 진심으로 감사드립니다!

아카츠키 나츠메

후기
변장한게
들통나지않으려나…….
2015.

8권 발매
축하드립니다!
애니메이션,
기대하고 있습니다!
와타리 마사히도

NEXT
뭐, 항상 이러다 허탕만 쳤으니까,
기대 같은 건 안 해.
기대 안 하는 건가요?
……아주 약간은 기대하고 있지만 말이야.
아주 약간만 기대하는 건가요?
…….
……제가 오랫동안 마음속에
품어 왔던 비밀을 밝히고 싶어요.
이 멋진 세계에 축복을! 9
COMING SOON!!
……기대하면 안 돼,
기대하면 안 돼,
기대하면 안 돼…………
(중얼중얼)
이 멋진 세계에 축복을! 스핀오프
이 가면 쓴 악마에게 상담을!
이쪽도 COMING SOON!!

■역자 후기

안녕하십니까. 근로청년 번역가 이승원입니다.

『이 멋진 세계에 축복을!』 8권을 구매해주셔서 진심으로 감사드립니다.

정신 차리고 보니 추석이 코앞까지 다가왔습니다.

2016년이 시작된 지 얼마 안 된 것 같은데 벌써 9월이네요.

매년 추석과 설에는 예전에 신세졌던 아르바이트처 분들에게 러브콜(이라 쓰고 막일꾼이라 읽음^^)이 잔뜩 날아와서 정신이 없었습니다만, 올해는 그럴 일이 없을 것 같습니다.

요즘은 명절 음식을 제가 도맡아 하고 있는지라 아르바이트를 하러 갈 수가 없거든요, AHAHA.

예전에는 추석 일주일 전부터 아르바이트 폭풍이었죠. 낮에는 건어물 가게에서 택배 물품 분류 및 포장 알바, 밤에는 알고 지내는 형님이 하시는 모텔에서 청소 알바, 새벽에는 예전에 신세진 편의점 대타, 틈틈이 통역 관련 회사 측에서 추석 관련 일거리가 들어오고, 컨설팅 통역 쪽에서는 추석 연휴 기간에 공장 설비를 일신한다면서 일본 기술자

통역 의뢰도 들어왔습니다. ……저때는 정말 바빴군요. 지금 저렇게 일하러 다녔다간 병원에 실려 갈 겁니다.^^

조금 늦었지만, 독자 여러분! 즐거운 한가위 되셨길 진심으로 빕니다!

자, 그럼 본편에 대해 조금 이야기를 해볼까 합니다.

스포일러가 포함되어 있을 수도 있으니 본편을 읽지 않으신 분들은 유의해주시길!

이번 편도 표지만 봐도 알 수 있듯, 에리스 님이 메인입니다.

……사실 때때로 등장해서서 진 히로인 포스를 마구마구 풍겼지만, 비중이 적었던 에리스 님!

하지만 이번 권에서는 그런 에리스 님의 매력이 폭발합니다!

크, 크윽, 주위에 거시기한 여자밖에 없는 카즈마에게 있어 한줄기 빛! 태양! 에리스 님!

……저도 이번에 팬이 될 뻔 했습니다.^^

물론 가슴은 좀 아쉽……, 모, 못들은 걸로 해주십시오, AHAHA.

7권 마지막에 밝혀진 충격적인 진실을 비롯해, 이번 권에서 에리스 님이 보여주신 엄청난 활약을 다 망라하고 싶지만, 그랬다간 후기가 너무 길어질 것 같은지라 이쯤에서 끝내겠습니다.

독자 여러분께서도 에리스 님의 매력에 흠뻑 빠지시길! 그리고 아쿠시즈 교도의 막장스러움(?)도 듬뿍 즐겨주세요!

그럼 이만 줄이겠습니다.

이 작품을 저에게 맡겨주신 L노벨 편집부 여러분. 감사합니다. 앞으로도 잘 부탁드립니다.

명절 음식을 들고 모여서 술판을 벌이자는 악우들이여. 말은 그렇게 하지만 결국 목표는 우리 집 명절 음식이지?! 이번에는 재정 상황이 안 좋아서 한 접시씩만 만들 거라고!

마지막으로 언제나 제게 버팀목이 되어주시는 어머니와 『이 멋진 세계에 축복을!』을 읽어주신 모든 분들에게 진심으로 감사드립니다.

메구밍(?)이 메구밍(?)답게 메구밍(?)을 하는 9권 역자 후기 코너에서 다시 뵙겠습니다!

2016년 9월 초

역자 이승원 올림

이 멋진 세계에 축복을! 8
아쿠시즈 교단 VS 에리스 교단

1판 1쇄 발행 2016년 10월 10일
1판 14쇄 발행 2023년 3월 2일

지은이_ Natsume Akatsuki
일러스트_ Kurone Mishima
옮긴이_ 이승원

발행인_ 신현호
편집장_ 김승신
편집진행_ 권세라 · 최혁수 · 김경민 · 최정민
편집디자인_ 양우연
관리 · 영업_ 김민원

펴낸곳_ (주)디앤씨미디어
등록_ 2002년 4월 25일 제20-260호
주소_ 서울시 구로구 디지털로 26길 111 JnK디지털타워 503호
전화_ 02-333-2513(대표)
팩시밀리_ 02-333-2514
이메일_ lnovellove@naver.com
L노벨 공식 카페_ http://cafe.naver.com/lnovel11

ISBN 979-11-278-2425-9 04830
ISBN 978-98-267-9978-9 (세트)

값 6,800원

L NOVEL
3
토모토 스이
스마키 슌고
금색의 문자술사
워드 마스터
용사 네 명에게
휘말린
유니크 치트